大震

卢一萍 著

中篇

百花文艺出版社
天津出版传媒集团

图书在版编目（CIP）数据

大震 / 卢一萍著. -- 天津 : 百花文艺出版社,
2021.1
(百花中篇小说丛书)
ISBN 978-7-5306-8060-5

Ⅰ. ①大… Ⅱ. ①卢… Ⅲ. ①中篇小说-中国-当代
Ⅳ. ①I247.5

中国版本图书馆 CIP 数据核字(2020)第 257430 号

大震
DA ZHEN
卢一萍　著

出 版 人：薛印胜　选题策划：汪惠仁
编辑统筹：徐福伟　责任编辑：齐红霞
装帧设计：任　彦　特约编辑：王亚爽
出版发行：百花文艺出版社
地址：天津市和平区西康路 35 号　邮编：300051
电话传真：+86-22-23332651（发行部）
+86-22-23332656（总编室）
+86-22-23332478（邮购部）
网址：http://www.baihuawenyi.com
印刷：山东临沂新华印刷物流集团有限责任公司
开本：700×980 毫米　1/32
字数：50 千字
印张：4.75
版次：2021 年 1 月第 1 版
印次：2021 年 1 月第 1 次印刷
定价：30.00元

如有印装质量问题，请与山东临沂新华印刷物流集团有限责任公司联系调换
地址：山东省临沂市高新技术产业开发区新华路 1 号
电话：(0539)2925659　邮编：276017

卢一萍 / 作者

男，1972年生于四川南江，毕业于解放军艺术学院，上海首届作家研究生班学员。著有长篇小说《激情王国》《白山》，小说集《父亲的荒原》《天堂湾》，长篇纪实文学《八千湘女上天山》等。曾获解放军文艺奖、全国"五个一工程"奖、天山奖等奖项。现供职于《青年作家》杂志社，中国作家协会会员。

一

谭乐为的女友金悦娴在西郊幼儿园当老师，为了爱情，他申请从羊市街派出所调到西郊看守所工作。前几天接到通知后，他把工作交接完毕，今天一大早就开车前去报到。

途经西郊幼儿园时，他决定顺路去看看金悦娴。女友喜欢花，所以他昨天下午就买好了一束百合，在宿舍里养了一夜，今天早上大多开了，车里弥漫着百合的花香。

成都这座位于北纬30度的西南大城虽非春城，但不同的季节有不同的花，即使冬季，也有茶花、桂花和蜡梅，满城都是后两种花香，感觉所有东西都沉浸其中，有了殊异的香气。一座有太多花的城市，会把女人养育得格外妩媚。金悦娴接过谭乐为递给她的百合，放在鼻子前闻了闻，把花香深深吸入肺腑，再呼吸出来，她的气息也就有了百合的芳香。

她双臂挂在谭乐为的脖子上，热情地吻他。百合的气息使他们的吻格外深情。他爱她，其中有很大一部分是爱她呼出的气息。

要长久地爱一个人，迷恋对方身上的某种东西很重要——比如微笑中的明眸善睐、双唇相触的瞬间、眼波的一次闪烁。如果你所爱的人是一个星体，打动你的可能只是一个如同尘埃般微小的部分。

两人的身体分开后，她把百合插进花瓶里。“我给你准备了一样礼物，你猜猜。”

“吻。”

“已经给了。”

谭乐为指了指卧室，努了努嘴。

“光天化日的，不给。”

“那我猜不出。”

金悦娴转过身，拿出一个精致的玻璃缸，里面一对红色的小金鱼正欢快地游动着。“看守所里生活单调，让它们陪着你。”

“啊？我来养啊！”他有些为难，但又怕负了女友的一片深情，赶紧说，“亲爱的，谢谢！只是，我抱着这个鱼缸去报到是不是过于另类？”

“这样的警察才酷嘛。”

金悦娴把他送到楼下。谭乐为小心地捧着金鱼缸，上了自己的野马牌SUV。

谭乐为找陈德海所长报到后，陈所长安排协警王凯带他到监管办公室去。回到车前，王凯帮他拿上行李，他小心地捧着鱼缸。王凯看着他，有些惊讶。谭乐为朝他笑了笑。

高墙、电网、铁门、全副武装的警察，没有树，没有花草，蝉鸣也被高墙隔绝了，不时传来监管人员的一声呵斥。外面是社会，这里是监舍，完全两种氛围。谭乐为快到监管办公室门口时，一个高个子警察已杵在那里等他。

王凯赶紧对谭乐为说："那是我们监管办的头儿姚小川，已在等着迎接你呢。"边说边不由得殷勤地加快了步子，走到了谭乐为的前面。

谭乐为快步跟上，来到姚小川面前。王凯刚要介绍，姚小川一挥手："我知道他。"双手往后一背，用目光盯着谭乐为左手环抱的鱼缸。金鱼有些紧张，在里面快速游动。

谭乐为抬起右臂匆忙敬礼。姚小川没有还礼，仍背着手盯着他。谭乐为不由得把身体挺得更直了。

"带着两条鱼上任来了？"

"是的，是那个……"

"是什么？总不会是你爱心爆发，在街上捡的流浪鱼吧？"

“鱼一般都在河里流浪。”

“哦,你知道这是哪里吗?这里是看守所!”

谭乐为有些崩溃:“女友非得让我带上,说是爱情的象征,两条鱼不能有什么意外。”

“看来这两条鱼不是凡鱼。你负责9号、10号监舍。注意,9号关押的是重刑犯,明天伏法!”

“啊?”

“虽然戴着戒具,还是要盯紧些。明天晚上十二点之前,你都在办公室值班。”

“明白!”

谭乐为来到办公室,王凯已在等他。

“头儿不好惹啊。”

“抱着鱼缸来上任,应该是前所未有,头儿显然是被惊着了。”

谭乐为笑了,把鱼缸放在办公桌上。

空调开着,是让人感到适宜的26℃,监控屏可看到监舍的角角落落和每个犯人的动作表情。窗明几净，地板发亮，烟灰缸、水壶、每一份文件、每张纸都放在该放的位置。

“说说9号监舍。”

“陈尔璧，死刑犯，四十一岁，原是很有名的外科医生，医学博士，真正的知识分子；妻子梁惠芝，美女，比他小八岁，在大学教书。他们相爱四年后结婚，两年后，陈尔璧发现妻子与一个老板在一起，抓了现行，他把妻子和那人都杀了，因此判了死刑，准备在明天午时三刻问斩。这人文质彬彬的，听说医术好得很。”

“这个案子我在网上看到过，没想到明天要执行的是这个人。走，我们去看看。”

与监舍相连的是十多平方米的放风区域，天空被钢网分割成了无数细小的方格。但这里毕竟是可以看到天空的地方。10号监舍关押着二十六人，铁门打开后，坐在“龙板”（床板）上的犯人坐得更加端正，原先站着的、担任安全员的犯人也垂手站得笔直。里面没有一点声音，似乎他们的呼吸都停止了。陈尔璧关押在9号监舍，和他关押在一起的，还有十三个即将释放的轻刑犯，惯偷杨耀东明天获释。

陈尔璧戴着眼镜，衣着整洁，皮肤白净，拖着脚镣在监室里不停地走动，脚镣叮当，犹如死亡的叹息，这对同一监舍犯人的心理和神经，都是一个考验。

陈尔璧见了谭乐为，走到铁门跟前，谭乐为看到他镜片后面的眼睛里隐藏着忧伤。他张开嘴巴对谭乐为说：“听说枪毙我的时候，你们要求张开嘴巴，让子弹从嘴巴里出来，不然，脑袋就会被打得稀烂。我不想那样，我怕母亲见了伤心。”

谭乐为听了，心里颇不是滋味，对他说：“现在一般都用药物。”

“我有最后一个请求，麻烦给我母亲打个电话，她上次来看我的时候，说希望见我最后一面，政府应该通知她了，但她还没有来，我怕她赶不上见我了。她没有手机，但我们邻居张大富有，麻烦您记一下。”

谭乐为把他说的号码记在了手机里。“你放心，我等会儿就打电话。”

陈尔璧连说了两个谢谢，然后转过身去，他的背影显得格外单薄。

谭乐为突然有些难受，转身回到办公室，就赶紧拨那个号码。电话拨通了，他听到了一个男人的声音：“你找哪个？”

“麻烦帮找一下陈尔璧他母亲接电话。”

“她六日一早就出发到省城去了。”

“哦，好的，道谢了。”

谭乐为挂了电话，对王凯说：“陈尔璧的母亲出门好几天了,从巴中到成都,当天就能到,就是耽误一两天,也早该到了,怎么现在还没有到看守所呢?她以前来过吗?”

“来看过她儿子两回，所以这个地方她是能找到的。”

“老人家可能迷路了,或是有了其他意外。”

“是不是让其他单位协助找一下？”

“巴中到成都的班车都到梁家巷车站，得先让那个片区的派出所协助查一下五月六日、七日的监控。”

二

陈尔璧的母亲叫李小芹，六十二岁，在得知儿子杀人入狱后的当天晚上，头发全白，腰弯背驼，一下苍老了三十岁。

她的心随着儿子入狱已经死去。但她是儿子唯一的亲人，她要撑着，直到把儿子的骨灰接回老家安葬。为此，她提前卖了自己喂的一头猪和几只鸡，绝望地等待着。

接到儿子已经宣判的电话，她第二天一大早就出发了。从山里到巴中客运站都很顺利。但当她买去成都的车票时，发现自己的钱不知什么时候弄掉了。她把包袱和身上的口袋翻了好几遍都没有找到，她觉得浑身一下变得冰凉，忍不住号啕大哭起来。

儿子接她到成都住过，她想起自己看过的《赵琼瑶四下河南》的川剧，心想，赵琼瑶一个女娃子，为了申冤，可以四次前往开封，巴中到成都比到开封要近得多，便抹了泪，决意往成都走。按她年轻时的脚力，在儿子离开人世之前，她是能赶到的。她想过了，就是讨饭，也要走到成都。

这样想着，她便上路了。不知道怎么走，就问；饿了，就去要碗饭吃；渴了，就去讨碗水喝；困了，就找个屋檐打个盹儿。她日夜兼程，有时一天能走六七十里路。但她毕竟是个老人，这条路对她来说也太漫长了。

老人在五月十日赶到了成都。儿子被逮捕后，她来看望过两回，坐班车到站后就打出租车，这是儿子之前跟她讲过的经验。但她这次是走路到成都的。望着高楼丛生的城市，她不知道从哪里进入，该怎样穿越，更不知道关押儿子的看守所在哪个方向。街道上是汹涌的汽车洪流，引擎的声音像河水的喧嚣。五颜六色的人行色匆匆，来来往往，突然出现一股人流，又突然消失，被各式楼房吞咽，被那些楼房咀嚼、反刍后，又被吐出来，像吐出残渣。

她问往城西看守所咋个走？很多人倒是热情，但几乎都一脸茫然。城西看守所？那肯定在西边呀。很多人都只能这样跟她说。她发现自己似乎永远也找不到她要去的那个地方。有些指路的人虽然一片好心，但指的方向只要稍微偏一点，就跑到西南或西北方向去了。更让她绝望的是，她明明是从海天大厦往西走的，但走了半天，又转回到海天大厦楼下了。这座城市像一个巨大的迷宫。自从进城，她就不知道东南西北，不知道自己身在何处。

她在城里转了大半夜，累得不得不在海天大厦下的角落里蜷缩下来，她有些绝望。她想不明白，人怎么能创造出这样巨大的城市。她想，肯定有很多人面临她这样的困境，肯定有很多人没能走出过这座城市。

正当老人心急如焚、绝望至极的时候——当时是五月十二日上午九点二十分，两位警察出现在了她的面前，一位警察看了看手机里的照片，又看了看老人："阿姨，你是从巴中那边过来的李小芹吗？"

"是的，警察同志，你咋晓得呢？"

"能把身份证给我看一下吗？"

"还没到巴中的时候，就和钱一起丢了。"

"那你老人家怎么来成都的啊？"

"走路，中途有个好心人拉了我一段路。"

"走路？"警察很吃惊。

"走路没啥，麻烦的是到了城里就走不出去了，鬼打墙似的。"

"你老人家太不得了啦！看守所知道你哪天出的门，推测你早该到了，却没有你的影子，很担心啊，上级命令全城所有派出所找你，终于把你找到了。我得赶紧向头儿报告。”警察一边说着，一边掏出了手机。

通话结束后，那个警察对她说：“老人家，时间很紧，上头让我将你马上送到看守所去。”

另一个警察已到旁边的包子铺买了两个热包子和一杯豆浆：“老人家，你先将就着填一下肚子。”

老人连着说了几个谢谢，虽然她这些天靠要饭充饥，早已饿得不行，但包子到了嘴边，她却咽不下去。她的泪水顺着苍老的面颊流下来。她把两个包子偷偷用纸小心包好，揣在了衣兜里。

警车分开车流，鸣着警笛，呼啸着穿过城市，前面的景物不断猛扑过来，两边的建筑则向后唰唰退去。

三

陈尔璧被关押在城西看守所已有一年〇七个月。他想忘记过去的一切，但往事总会在脑海浮现。

二〇〇六年十月四日，他快下班的时候，救护车送来了一位车祸的受伤者。那是一个少女——她的父亲已在车祸中死亡，她长着一张天使的面容，只因失血过多，很是苍白。他想救活她，但十个小时四十七分钟后，少女停止了呼吸。她的母亲——那个三十多岁的女人同时失去了丈夫和女儿，似乎什么也没想，只说了一句“我不能离开你们”，直接从外科大楼手术室旁的窗户跳了下去。所有人都傻了。他震惊之余，突然觉得想呕吐，冲进卫生间，干呕了一阵，什么也没有吐出来。于是，他带着肚腹里想呕吐却没有呕吐出来的东西，沿着清晨清冷的大街往家走。他的心情糟透了。他新买的房屋在蓝色帕提亚国际社区，要到年底才交房；临时租住的物资小区房屋老旧，是二十世纪八十年代末修建的那种七八层高的长方体建筑。他租的房子在八楼，一小间客厅兼一间更小的餐厅带一大一小两间卧室。从医院到家有六站路。那天他加班前已给妻子发了短信，说有手术，要晚些回，让她早些休息。他气喘吁吁地爬上八楼，到了家门口，听见一个男人在屋里说话，他仔细听了，的确是个男人。他突然觉得身体冰凉，肚腹里那没有呕吐出来的东西，“哇”地喷出，人也跟着朝门边倒去。妻子慌忙开了门。进屋后，屋内却无旁人。妻子忙着给他倒水漱口。他漱了口，突然听到卧室外面有异样的响动，随即是一迭声惊恐的喊叫：“梁惠芝，快来！”妻子连忙跑过去。之后妻子惊慌喊他：“陈尔璧，快来帮忙！”他冲过去，看见妻子整个身体被人扯到了窗外。他扑到妻子身边，用尽全力抱住妻子的双腿，紧接着，他看到了吊在妻子下面的那个男人，正和妻子的双臂拼死纠缠，男人那双绝望而诡秘的眼神，像一把利剑穿透他的胸膛。时间瞬间在陈尔璧的头脑里静止了，世界变得一片虚空。等他明白双手的力量变得松懈时，他只抓住了妻子的一只拖鞋……

陈尔璧趴在窗前，伸出头去，看见妻子和那个男人的身体像剪纸一样贴在地面上。陈尔璧一边打电话叫救护车，一边往楼下冲。几个目击者站在现场附近，恐惧地盯着他。他听见一个人说，这个男的厉害，一下杀了两个。

妻子已停止了呼吸。陈尔璧瘫坐在地上，呼喊着妻子的名字，但已喊不醒她。

男人叫廖天宝，是妻子的高中同学，一直喜欢她。廖天宝可能心虚，或者害怕，一听说他回来了，就翻到了窗外，站在空调挂机上，想躲起来。没想到空调挂机的支架已锈蚀，支撑不了他的重量，在要掉下去之际，喊梁惠芝去救他，不想她也被廖天宝拉了下去。

或许，陈尔璧拼死抱住妻子的双腿能把他们全部拉上来；或许，他能救下妻子。但他的手力松懈了。

廖天宝是送到医院抢救了一阵后才停止呼吸的，他留下的遗言是：陈尔璧杀了我们。于是，他的岳父母和廖天宝的家人都告他捉奸后，将他们双双推下了窗户。他的故意杀人罪因此成立。

母亲没有告诉他路上的遭遇，只说自己进城后迷路了。"没有什么好东西带给你，给你煮了一块腊肉，这是你最喜欢吃的，还有，刚才警察找到我后，给我买了包子，我给你留了两个。"她一边说着，一边把肉和包子从口袋里拿出来。餐巾纸和包子皮粘在了一起，母亲小心地把纸剥开："吃饱了好走路……”

母亲苍老了许多，背驼后，显得更加矮小黑瘦，皱纹把她的脸分割成了上万个部分，眼睛已经昏花，眼底全是伤痛；牙齿脱落了好几颗，脸变瘪了；灰尘把白发染成了灰黄色。

陈尔璧的父亲陈嘉善毕业于四川师范学院，因出身不好，被分配到乐镇中学当老师，母亲虽没读过什么书，但勤劳、善良，长得漂亮，两人因此相爱，一九六六年结婚；一九六七年，生下了陈尔璧；一九六八年，他父亲在一次批斗中被人打死。母亲当时才二十三岁，但她没有再嫁人。她含辛茹苦，把他拉扯大，供他上学。他是乐镇第一个博士。

隔着玻璃，见到母亲，陈尔璧就一直在流泪，他拿着话筒，说不出一句话。他想控制住泪水，像母亲那样把泪水咽进肚子里，表面像什么事也没有发生一样平静，但他做不到。

的确，母亲没有哭。她只跟他说话，嘱托他，像儿子那次去美国读博士一样，真的只是出一趟远门。“儿子，人就是这样，生生死死，早晚的事，谁也摆脱不了，就跟出远门一样，有些人出门早，有些人出门晚。走得早的人，就先到那个地方，就可以准备走新的路，这未必不是好事。到了那边，有什么事、需要什么东西，你就给我托梦。我把你带回老家后，就埋在你爸的坟旁边，我死了，再埋在你旁边……”

陈尔璧一边和着泪水把包子和腊肉往肚里咽，一边听母亲说。他满嘴苦涩，没有吃出包子和腊肉的滋味。他不知道该说什么。他觉得一切都是无力的，都已无用。最后，他说：“娘，儿对不起你，我无脸埋在爸的坟旁，我想好了，我会把我的遗体捐出来，供研究之用。”

母亲似乎不明白那是什么意思，或者没有听清楚，只说：“我说了，你要埋在我和你爸中间。”

临别之际,他让母亲先走,母亲用力扶着墙,站起,却迈不开步。他跪下,给母亲磕了三个头。当他往囚室走,回头去看母亲时,母亲正目送他。他看到母亲满脸是泪。走到提审通道面向母亲的方向,他再次跪下来,重重磕了几个头。

四

老人家走出了看守所。她觉得自己已没有一点力气了。她在派出所对面一栋烂尾楼里找了个地方坐下来。这里搭建得乱糟糟的,住着像她一样的人。她觉得自己已把一辈子的事做完了，她太累了,到二楼找了个角落,坐下来,很快就睡着了。

陈尔璧回到监舍,看起来比平时更平静。他要给母亲写一封遗书。一是感谢母亲的养育之恩,并向母亲致歉；二是告诉母亲自己捐献遗体的遗愿,并说明自己为什么要这样做;三是劝母亲要好好活着。在谭乐为来到监舍的时候,他已经把遗书写好。作为专管民警，谭乐为要陪陈尔璧度过最后的时光。午饭陈尔璧只扒拉了两口,就再也吃不下。他把遗书交给谭乐为,向他鞠了一躬:“感谢您陪我度过人生最后的时光，感谢一年多来看守所民警对我的照顾。”

做完这些，陈尔璧似已心安，躺在床上，很快就睡着了。他梦见父亲和母亲相伴而行。他们踏着祥云，穿着川剧里演员的服饰，衣袂飘飘，从天而降，来到他面前，他看见父亲英俊潇洒，母亲年轻漂亮，一副仙人的样子。他心里十分喜悦，问道：“爹，娘，你们怎么从天上飘下来了？”娘说：“你爹是神仙，神仙都住天上，只能从天上来。”父亲微笑着说：“孩子，你就要新生了。”陈尔璧很高兴：“那我还做你们的儿子。”父亲说：“那是当然，你永远都是我们的儿子。”陈尔璧一下意识到了自己是有罪之身，身陷囹圄，含着泪说：“谢谢爹娘不嫌弃我。”待他抬起衣袖擦尽眼泪，父母已驾云而去，他只看到了父母越来越小的身影和那朵越来越小的白云。

城市依然喧嚣，中午的大街上行人往来如蚁，稍远处公园里的摩天轮还像以往那样旋转着，一座座姿态各异的高楼大厦显示着城市浓郁的现代气息。

一点五十分，杨耀东准时醒来，端坐着。陈尔璧戴着刑具仍侧卧在通铺一角。谭乐为没有休息，他看了一眼手表，已两点二十六分，他想叫醒陈尔璧，又觉得这是他人生最后一次午眠，起了恻隐之心，便决定不去管他。他给金鱼换了水，把鱼缸端进了监舍。金鱼不安地游动着，有一条鱼突然跳了出来，掉到了地上。他把鱼小心捉起，重新放进鱼缸，再到厕所去重新换水。

他盯着鱼缸里的金鱼，突然有些想念女友。金鱼在鱼缸里快速游动，显得有些慌乱，最后又蹦了出来，谭乐为一边把它再次捉进鱼缸，一边说："看来连你也不愿待在这里面呢。"他只好再次到厕所去换水，刚走进去，监舍突然摇晃起来，楼房发出吱嘎的断裂声，然后开始倾斜。谭乐为站立不住，跪倒在地，他意识到地震了，刚喊出来，监舍已经坍塌。

谭乐为笼罩在猛然腾起的烟尘里，一下失去了知觉。但那个鱼缸竟然神奇地被他捧在怀里，完好无损，只有一些刚换的自来水溅了出来。

陈尔璧是被大地摇醒的，睁开睡眼，他发现自己仍然靠墙躺着，楼板塌下来后，一头搭在墙上，刚好给他构建了一个安全的三角形空间。四周一片黑暗，只有一小束光从脚下透进来。他听到有人在大喊地震了！他有些蒙。当他意识到自己还活着时，他没有一丝欣喜，反而觉得这是生命对自己的嘲弄。“自己怎么没被砸死呢？如果自己被砸死了，会什么感觉都没有的，那该多好。”他感到有砖块和水泥砸到了身上。他戴着脚镣手铐，行动不便，他想用脚蹬开那些砖头，倒退着钻出去。他感觉右大腿有些痛，但戴着刑具的手摸不着。他想，肯定是钢筋把腿划伤了，他没法去管，只想着尽快从这里钻出去。他忍着伤痛，用力蹬开了那些砖头和水泥块，从废墟里钻了出来。他发现原来的监舍已荡然无存，整个看守所像被轰炸过，四周只有几堵断墙，头上出现了一片烟尘弥漫的完整天空。

他躺着，透过烟尘仰望着天空看了半天。天空还是老样子，看不出人生祸福、人间悲喜。就是面对这场人类的大灾难，它也还是那张老脸，该阴时阴，该晴时晴。但他望着，有些痴迷。这是他此生已看不了几次的天空，他对这片虚空突然产生出无限的留恋之情。

他支撑着坐起来，扭头看了一眼大腿上的伤。那道伤口血肉模糊至少有两寸长，伤口上都是灰尘，看上去很不堪。他原想自己身高一米八，肌肉结实，没有一块赘肉，即使从一个外科医生的角度来看，也是很完美的，所以他决定死后捐献自己的遗体，给医学院的学生做研究之用。现在这具即将成为遗体的躯体却有了一道伤口，而这道伤口已不可能有愈合的时间，这让他突然感到无限悲伤。“我是否可以申请，等这道伤口愈合后再被处决呢？”这个荒唐的想法使他自己都不禁哑然失笑。然后，他想起了自己的母亲，他一下慌乱了，她会在哪里？她只会住那种很便宜的小旅馆，而那种旅馆不可能经受得住这样的大震，一想到这，他浑身发起抖来，不禁喊叫道：“娘，您可千万不要出事！”

只有他的声音。四周陷入死寂，连天上飞鸟凌乱地扇动翅膀的声音都可听见。他抹了一把脸上的尘土，大喊了一声：“人呢？”

偶尔可以听见钢筋断裂声、墙体垮塌声、砖块掉落声。

“人呢?！”他又大喊起来。

传来了人的呻吟。

一个人从尘土里爬出来。是杨耀东。他摇了摇头上的尘土，瞪着惊魂未定的眼睛，大张着满是白牙的嘴，说不出话来。他头上有伤。看了看四周，吃惊了半晌，想跑，又规矩地蹲了下来。

“你还活着！”陈尔璧有些惊喜。

“你……你他妈的也活着！”杨耀东哭了，开头是抽泣，最后竟号啕起来。

“行了，你活着是真活着，我活着，明天还得死，你有什么好号的。”

杨耀东的哭号声小了些。“我以为我死了，我头痛。”他摸一下自己的头，抹了满手的血，又大叫起来，“我的头破了，这么多血！”

陈尔璧说：“你过来，我看看。”

杨耀东乖顺地走到了他跟前。

陈尔璧看了看，那道伤口有两寸多长，可以看到头骨。他怕杨耀东被吓住，就安慰他说：“蹭破了皮而已，啥事没有。”

杨耀东看到了他受伤的腿：“你的腿也受伤了。”

“对我来说，已不重要。”

“其他人呢？”

“没了。他妈的，应该是没了！”陈尔璧想起了谭警官，用目光把监舍搜寻了一遍，“那个警官呢？”

“刚才，他的金鱼跳到了地上，然后进了厕所，要给他的金鱼换水。”

卫生间也坍塌了，谭乐为镶嵌在砖块之间，一动不能动，背部的血从满是尘灰的身体里渗出来。他怀抱着的金鱼缸里的金鱼安静了，在里面不紧不慢地游动着。整个画面像一幅先锋色彩很浓的拼贴作品。

杨耀东已经不哭了，他走过去，推了推谭乐为，谭乐为没有动。“谭警官真可怜，第一天上班，就他妈挂了。你明天上路,我明天自由,却发生了这事。妈的,我们现在该怎么办?"他转过头来看着陈尔璧,面目有些变形。

陈尔璧抬头看了看天空,他想起了刚才的梦,想回味一番,但脑子很乱,梦也乱了,像这地震留下的场景一样。这也许是他今生的最后一个梦了。什么都是最后的——天空、空气、风、尘土,甚至连这地震……

"我娘怎么样了啊?"陈尔璧一急,猛地站起,才意识到自己刑具在身。他有些笨拙地爬到谭乐为身边,摸索了一阵,从谭乐为身上掏出了一串钥匙。

杨耀东有些惊讶:"你要干什么?"

"你头部的伤其实很严重,你要帮我把这玩意儿打开,我才能为你包扎,你知道,我是外科医生。"

杨耀东的右半边脸已被染红了,他用手一抹,满手是血。他有些害怕。他相信陈尔璧的话是真的,但想了想,还是摇了摇头。

“我这样做是违法的。”

“现在这里没有人，我不会跟人说是你帮我打开的刑具。”

“我明天就该出去了。”

“你头上的伤口不处理会很危险,搞不好,明天你就死在这里了。”

杨耀东迟疑地来到他跟前,帮他打开了手铐。

陈尔璧指了指被水泥块压住的一条床单:“把它扯出来。”

杨耀东扯出了床单,交给陈尔璧。陈尔璧把它撕开。

“是不是真的很严重?”杨耀东担心地问。

“包扎一下,把血止住,应该不会有啥问题。”

陈尔璧把杨耀东的伤口包扎好,又把自己的伤腿包扎好,然后,他打开了自己的脚镣。

“你要逃跑？”杨耀东有些惊讶。

“我要离开这里，我要去找到我娘。”

“老人家肯定就在这附近。”

“反正我会死的。地震会结束，我傻坐在这里是等死，把我娘找到，再见一面也是一死。”他说着，站起来，走了两步，腿有些瘸。他又走了几步，觉得好了些。

“你可以逃跑。我是说，这是个千载难逢的机会，你可以逃得远远的。”

“逃得过初一，逃不过十五。你明天就要出去了，你不能跑，跑了还得回这鬼地方来。你就在这里等着。”

“那你多保重了。”

“你也保重。等会儿如果有救援的医生来，让他们把你的伤口再处理一下。”

五

陈尔璧往外走去。他知道原来监舍的门在哪里。这时,谭乐为突然发出了一声呻吟。砖瓦松动,他伸出了一只满是鲜血的手:“你们两个,快来……救我……”

陈尔璧吓了一跳,一下不动了。

杨耀东开始也没有动,但最后还是走向了卫生间。

“陈尔璧,你要干什么?你不能出这个监舍。”这是谭乐为的第二句话。

“我现在可以去任何地方,即使是地狱。”陈尔璧没有回头,一步跨到了监舍外。

“你得先把我救出来!”谭乐为着急了。

陈尔璧站住了,但只停留了三五秒钟,又往前走去。

“你看我伤得这么重,你不会不救人吧！”谭乐为用力向他喊。

“谭警官，你不能使劲，你一用劲，血就往外冒！”杨耀东说。

陈尔璧像下了决心似的,又往前走了。

“你是个外科医生，你他妈的怎么能够见死不救！”

陈尔璧再次站住,回过了头,他的面孔有些扭曲。但他回到了谭乐为面前,和杨耀东一起,把谭乐为四周的砖块往外抠。

“先把我的小金鱼救出去。我如果不来换水,还是坐在原先的位置,你们也看到了,那根大梁就会砸在我头上,那样的话,我就先你陈尔璧去见阎王了,是这金鱼救了我。”

杨耀东说:“看来这金鱼知道要地震啊,所以才老往外跳，你以后得把这小金鱼好好供着。”

谭乐为被救了出来。他盯着陈尔璧：“你的刑具是多久打开的？”

“我从废墟里钻出来的时候就开了。”

“那真是神奇啊。”

“就是，这还不是为了救你吗？”

“陈尔璧，你最好待着别动。”

“我没有动，我刚才只想去找我母亲，想知道她怎么样了。”

“你老实待着。”

刚才一活动，谭乐为背部的血直往外冒。陈尔璧想走过去，为谭乐为包扎，谭乐为说：“你不要过来！”

“难道你怕我？既然你还活着，最好让我救你，不然过不了多久，你身上的血就会流光。”

杨耀东也劝谭乐为：“谭管教，还是让他给你看看吧，你背上的血像水一样往外冒。”

谭乐为没再说什么，算是默许陈尔璧为他包扎。

“伤口很深，但还没有伤到内脏。”陈尔璧把剩下的那条床单撕成条，对谭乐为说，“没有药，没有治疗器材，我只能给你包扎一下。不过，你的伤只要把血止住了，应没什么大碍。你和杨耀东都没事，也是奇迹，可能是我明天要去死，顶了你们的罪吧。”

“托你的福！”杨耀东赶紧说。

“你们继续等待救援，我现在得去找我母亲。”陈尔璧又要离开。

“你……你不能……离开这个监舍。”谭乐为说。

“我刚才说了，我现在可以去任何地方。”

“我说了，不行！”谭乐为说完，飞速冲到倒塌的岗楼前，抢过已牺牲的武警战士的枪，朝天开了两枪,大叫道:“谁也不许离开这里!”

当时已有三十多人钻出了废墟,但没有一个看守人员。那些犯人自从进来,还是第一次看到围墙外的景象。一些人试图逃跑,听到枪响,都吓得用双手抱头,蹲在了地上。

陈尔璧也老实了。谭乐为重新给他戴上刑具。

开始有断断续续的呼救声和呻吟声从废墟里传来,其中夹杂着痛苦的号叫。

谭乐为站起来,忍着痛,大声对犯人宣布纪律:“你们听着,这个时候,只许老老实实救人,争取立功赎罪,不准有其他想法,谁要逃跑,就地正法!”

犯人们开始救人。

不断有人从废墟下被救出来,摆在废墟间一块平地上,痛苦地大声呻吟着。

陈尔璧说:“谭警官,我是外科医生,我可以救人,一些人不抢救,会很快死掉!”

谭乐为没有理他。

一些受伤的人听了陈尔璧的话，更痛苦地呻吟起来。一个犯人说："管教同志，我听说陈医生是很有名的外科医生，你把我救出来又不赶紧抢救，就白救了。"

其他人也跟着哀求。

对于到这里工作还不到四个小时的谭乐为来说，这的确是个难以做出的决定。正在他犹豫时，有人喊："57号跑了！"

谭乐为提枪冲过去，看到57号囚犯正朝围墙跑去，他大喊了一声："57号，站住！"

57号仍往前跑，谭乐为端起枪，随着枪响，子弹从57号飞跑着的两腿间飞过，在他前面一米远处击起一团烟尘。57号吓得猛地停住，一头栽倒在地，又赶紧爬起，一边用双手抱着头，蹲在地上，一边害怕地大声喊道："别……别开枪！别杀我……"

"立即滚回来！"

57号小跑着回到了谭乐为面前。他已吓得面无人色。谭乐为把他铐在了一根钢筋上。"我再说一遍，谁敢跨出原来围墙的范围，就地正法！"

那些受伤的人不敢呻吟了。被埋在废墟下的人听到枪声，确认外面有人，更大声地呼救起来。

谭乐为带着杨耀东来到陈尔璧跟前，打开了他的刑具。"这玩意儿重，戴着救人太难为你了，给你戴个轻的吧。""咔、咔"两声，用手铐把陈尔璧和杨耀东铐在了一起。

杨耀东喊叫起来："谭管教，你怎么把我和他铐在一起了？"

"先委屈你一下，帮我看着他。"

陈尔璧笑了笑，对杨耀东说："你看，我们多有缘。"

"我是倒霉透了。"

“谭警官，我需要救人的东西，手术刀、绷带、酒精棉、酒精、医用胶带、三角绷带、灭菌纱、外科手术缝合针线之类的。”

“卫生所应该有，你和杨耀东去那里，看能不能刨些出来。杨耀东，你看着他，如果有啥事，你明天就休想出去了。”

杨耀东听谭乐为这么说，有些害怕担责：“谭警官，我……咋能看得住他啊？”

“你不是跟他连在一起的吗？不要啰唆了，我们现在得全力去救人，二百多名嫌犯，还有看守人员、警卫战士都被压在了里面。”

卫生所已成废墟，扭曲着堆在那里。

陈尔璧问杨耀东：“你知道外科室在哪个位置吗？”

“这哪里还能看出来，我得再看看。”杨耀东看了一眼陈尔璧，“你真要去救人？不去找你娘了？”

陈尔璧沉默了几秒钟："先救人吧，他们摆在那里呢。"

"你不连累我就好。"

"你这已经是三进宫了，还怕我连累？"

"这次出去真的要金盆洗手了。"

"这就对了，到外面去，干个啥都行。"

陈尔璧拉着杨耀东在卫生所外转了半圈，然后钻进废墟里，灰尘和碎水泥块不时掉下来。卫生所的杨医生被砸在水泥块下，血肉模糊。杨耀东喊了几声杨医生。他的声音里充满了恐惧，声音颤抖地说："她给我看过病。"

"我也吃过她的药。"陈尔璧爬到她的身边，听了听她的心跳，"心跳已经停止了。"他接着喊起来，"有人吗？还有人活着吗？"

没人回应。"看来，这里的人都没有跑出去。"

"我们出去吧。"杨耀东害怕，要往外爬。

“我们已在卫生所里，找不到东西，出去怎么救人？”陈尔璧继续往前爬。前面的空间很窄，只能勉强钻过。两人蜷在里面。这时，水泥板突然发出“嘎吱嘎吱”的响声，从上面挤压下来。

杨耀东绝望地喊道：“完了，要压在里面了。”他有些生气，“你不要动那些砖块！”

“你是害怕了吧？”陈尔璧回过头。

“你他妈死了是该死，我死了是白死！”他拿起一块砖头，砸起手铐来。

“不要做无用功，我必须把这里刨开，从这里钻进去，就该是外科室。”

“要进你自己进。”杨耀东用哭腔说完，想往后退，但退路已被塌下来的水泥板封死了。

陈尔璧拉住他：“我们只能往前爬，进到外科室，然后寻找别的出口。”

杨耀东绝望地小声哭起来。

陈尔璧倒退着爬行，终于进到一个大一些的空间里。那是一个稍显完整的扭曲的房间，一道光从废墟外面射进来。那正是外科室。

“太好了！”陈尔璧激动得喊叫起来，完全忘了自己是个死刑犯。“把这里面能拿的东西都拿出去，这是现在最需要的。”他转过头，“你他妈的不要哭了，你死不了！”

其实杨耀东看到那个透进天光的孔洞，就已经不再抽泣了。

六

谭乐为忙着救人。他不得不眼观六路——恨不得浑身长满眼睛，一旦有犯人靠近垮塌的围墙,他就会大吼:“不许越界！”

因为谭乐为是今天才报到的,这里的很多犯人和随后救起的同事都不知道他是谁,但在他的枪口下,没有人敢造次。他把能找到的枪弹集中起来,以免流失,然后,让虽受了伤,但还能使用枪支的同事到制高点,负责看守,一旦有人图谋逃跑,可以开枪射击。

不时有呼救声从废墟里传出,救出的人越来越多,躺在地上的伤员也越来越多,呻吟声、痛苦的号叫声一阵高过一阵。

陈尔璧给伤员止血、包扎,满手是血,浑身是汗。杨耀东在一边协助，不时递给他剪刀、纱布、酒精，另一只被铐着的手则尽力配合陈尔璧的动作，但两只手铐在一起，很是碍事，陈尔璧恨不得能长出八只手，而他实际上最多只有一双半手。杨耀东看在眼里，急得直喘粗气，恨不得把自己那只手剁掉，最后忍不住朝谭乐为吼叫起来："谭警官，你他妈的把我和陈医生铐在一起，他怎么救人？"

"我不这样，他跑掉怎么办？"

"上面不是有管教持枪看着吗？他怎么跑？他就是跑掉，我他妈的也相信你们一定能把他抓回来，但这些人如果救不活，就他妈的只能见阎王了！还有，我好好的一个人，不能去救人，这是他妈怎么回事？"

陈尔璧对杨耀东有这样的行为感到惊讶。谭乐为也用不解的眼光看了他好几眼，然后爬到废墟上，和其他同事商量怎么办。他们嘀咕一阵后，谭乐为离开了，过了一会儿，他拿着一副脚锁来到了陈尔璧跟前。这种脚锁两边用两个类似手铐的环状物固定在脚腕上，中间由一截钢丝连接，外包胶皮，也叫“软脚镣”，一般用来防止嫌犯在提押时脱逃、自残，既能保证安全，又比较人性。谭乐为用脚锁各锁住陈尔璧和杨耀东的脚，带着歉意说：“我和几位同事商量了，你们还得连在一起。不过，这种东西非常轻巧，看守所刚配发了两副，刚好找到了这一副，戴在脚上，不会影响陈医生做手术了。”

戴好脚锁后，谭乐为打开了手铐。

“那么多人需要救，你把我跟他锁在一起，我怎么去救人？”杨耀东看着脚上的脚锁，一下就急了。

“陈医生需要助手，你协助他，也是在救人。”

“真是倒霉！”

陈尔璧一到手术台上，就格外专注。“我需要更多的急救药品，谭警官，你让人再到卫生所去，把能找到的药品都找出来；或者到这附近的药店、医院去找一些来。”

谭乐为说了声好，带着一个人，转身找药品去了。

杨耀东极不情愿地把酒精、绷带递给陈尔璧，他对明天就要被执行死刑的陈尔璧那么专注地救人很不理解。他故意用带刀子的话戳陈尔璧的心："你在这里救人，谁救你娘？"

陈尔璧保持了一个外科医生的素质，手丝毫没有抖，眼睛也没有离开手术刀，只低声说了句："闭嘴！帮我擦一把汗。"

杨耀东很不情愿地抬起一只手臂，帮他擦了脸上的汗水。接着说："这次出去，我一定要先回老家看看，然后去找一份正儿八经的事做。"

"这样想就对了，但人总会被错误的想法所左右，我们走到今天，都是一念之差的结果。"

“你是怎么进来的？”杨耀东忍不住问正在被救治的嫌犯。

“贪。还在调查。钱没有花一分，都在家摞着。”

“那我们属于同一个爱好，只是级别不一样，你是大盗，我是小偷；你窃国，我偷人。”

那人忍不住一笑。

这时，谭乐为大喊起来：“陈尔璧，你过来！”

“干什么？”

“我们把所长救出来了，他还有气。”

“我得先救完这个。”

“对，这个时候，应该平等。”有人说了一句。

谭乐为也意识到了自己刚才的行为有些不当，他补充说：“所长伤得很重。我的意思是你可否先救一下危重伤员。”

“那是当然。”陈尔璧给贪官包扎好，站起身来，“杨耀东，走。”

“你去救所长，我还想给这位大哥摆会儿龙门阵,交流一下盗窃经验呢。”

“你不走,我怎么去？”

杨耀东一下意识到他和陈尔璧是连在一起的，只好站起来,跟着陈尔璧快步走。

一根钢筋插进了所长的胸腔,头上有伤,右手臂也被砸断了。

谭乐为担心地问:“所长没事吧？”

陈尔璧一边给所长包扎,一边说:“难说。需要马上做手术,需要输血,如果能尽快把他送到附近的医院,那是最好的。”

“看看附近还有没有能开动的车！”谭乐为着急地对杨耀东吼叫。

“你把我和陈医生连在一块儿了,我怎么去？”

谭乐为一听，只好对另一个犯人说:“你去，要快！”

“找个大车，最好把这里的重伤员都拉到医院去。”陈尔璧说。

“你听到了吗？有能开动的大车最好！卡车、客车都行，如果能尽快找到，算你立功！”谭乐为的嗓子有些沙哑了。

那个犯人一听，飞快地跑开了。

杨耀东这时小心地对谭乐为说：“谭管教，能用一下你的手机吗？我想问问家里的情况。”

“手机能打通就好了，地震后就没信号了。”谭乐为的情绪一下有些低落，“我现在都不晓得家人是啥样子。”

大家似乎都感到了无望，都不说话了。谭乐为赶紧说：“大家不要难过，手机一旦有信号了，要给家人打电话的，都可以来找我。”

去找车的犯人很快带着两辆运砂车回来了，他喘着大气，说：“我听说了，这次地震很厉害，估计至少有八级。惨得很。政府已在组织救灾，听说部队出动了。”

谭乐为一边组织犯人把重伤员往车上抬，一边问驾驶员：“这附近哪家医院还在运行？”

“医院大多没问题。但现在往医院送的伤员很多，进城的路也一定拥堵，附近有一家部队医院，我看去那里最合适。”

“你说得很对，非常感谢！”

重伤员被抬上了运砂车。谭乐为和几位幸存的管教民警商量后，决定由一人带枪陪同前往。

“这里能救出来的人都救出来了，你伤得不轻，你不去医院看看？”杨耀东问谭乐为。

“我能坚持。我们不能只救看守所里面的人，外面还有很多人在等着我们去救。”

陈尔璧包扎伤员的手停顿了一下：“等会儿我能否去找一下我娘？”

谭乐为犹豫了,不知该怎么回答他。

“她肯定就在这附近。”陈尔璧哀求道。

“现在有很多人需要你救。”谭乐为有些抱歉地说。

陈尔璧没有再说什么,专心地给最后一个伤员小心地包扎着。

谭乐为把看守所里的其他人集合起来,对大家说:“我们现在要走出看守所,去外面救人。”他指了指几名管教人员,“这几位同志虽然受了伤,但我提醒大家,他们手中的武器可是完好的。在这非常时刻,我相信大家都会听从指挥,服从管理,你们每救一个人都是在立功,而立功是可以减刑的,所以大家要珍惜这个机会,不要有任何非分之想!你们说,你们能不能做到?!”

犯人们一听说要出去救人,还能立功减刑,就很激动,齐声喊道:“能!”

“那好，现在出发！”

几名荷枪实弹的管教人员带着嫌犯走出了看守所。

谭乐为守着陈尔璧把最后一个伤员包扎好，然后让两个“连体人”跟他走。

陈尔璧站起来，伸了一下腰身；杨耀东也甩了甩胳膊，踢了踢那只没有戴脚锁的腿。

“谭警官，我想去找我母亲，麻烦你给我一点时间，就半个小时行不？”

“肯定不行。”

“我只有母亲这个唯一的亲人，你知道，她是专程来送我上路的。”

谭乐为想找一句话来缓解自己的不近人情：“现在所有的人都是一家人，都是你我的亲人，如果不是这样，我早已跑去看我父母，找我女友了。”

“我说了，就半个小时。”陈尔璧的右手突然箍住了杨耀东的脖子，左手的手术刀对准了他的脖颈，“谭警官，就半个小时！你知道，我现在是世界上最绝望的人，但也是最自由的人，一桩罪与一百桩罪的结局是一样的，我可以做任何事！我是外科医生，我的手术刀会很准确地割断他的动脉。”

杨耀东没有想到陈尔璧会来这一手，顿时吓得面无人色，说不出半句话来。

谭乐为也感到突然，本能地拔枪指着陈尔璧：“陈尔璧，你不要乱来。”

“我只想去找我母亲，想知道她会不会有危险。”

“陈尔璧，你先把手术刀拿开。”

“我说了，我只需要三十分钟，但现在我改变主意了。”陈尔璧挟持着杨耀东要离开，“你可以打死我，我今天死和明天死区别不大。”他说着，手术刀锋利的刀刃看上去已切入杨耀东的脖子。

杨耀东怕稍微粗重的呼吸都会让刀刃把自己的动脉割断，只能痛苦地低声央求："谭管教，救我……"

"谭警官，你得把枪扔给我。"陈尔璧平静地说。

"好的，你不要乱来！"谭乐为说着，把枪扔到了陈尔璧脚下。

陈尔璧把枪捡起来。

"陈尔璧，你……冷静！"谭乐为有些气喘。

"谭警官，对不住了！枪我先替你保管着，现在人杂，丢了枪可不是好玩的。"他说着，把枪口指向谭乐为，"把脚上这玩意儿给我打开。"

"钥匙在其他管教人员那里，办公室里可能还有，你得自己去刨。"他望了一眼已经坍塌成一堆瓦砾的办公楼。

陈尔璧转过身来，对杨耀东说："那只有麻烦你继续陪着我了。"

“我明天就要自由了，你不能害我！我不可能跟你一起去。”

“谭警官在这里，他可以证明是我胁迫你的，你怕什么？”

“那我也不可能跟一个死刑犯去逃命。”

“你这么说，那就别怪我对你不客气了。”陈尔璧说着，把枪对准了杨耀东，“麻烦老弟在阎王爷那边先等我。”

谭乐为一见，对杨耀东吼道：“你跟陈尔璧走！”

杨耀东只好故作轻松地说：“陈尔璧，我听你的。”

陈尔璧走过去，把谭乐为绑了：“你得在这里待一会儿，过不了多久，肯定会有人来给你解开。”他俯身下去，把嘴挨近谭乐为的耳朵，“这枪我带着太显眼，我也不喜欢。”他指了指前面一堆废墟，“我会把它藏在那里，你等会儿去取，然后提着它来追杀我。”

“你不是说三十分钟就回来吗？”

“我刚才向你请求，你没有同意。现在，我得根据自己的情况决定了。你知道，一个人如果品尝到了自由的味道，应该和吸毒差不了多少。”

“我会很快把你抓回来的！”

“那是你应该做的。”

走出看守所的断壁残垣，外面一片辽阔的废墟猛然呈现在眼前，电光、火光闪烁着，烟尘弥漫。有人钻出了废墟，有更多的呼救声从废墟下断断续续传来。

杨耀东站着不走了：“我们不救下面的人了？”

“不救。”陈尔璧使劲扯了一下杨耀东，急急地往前走。

七

虽然有脚锁的羁绊，但陈尔璧带着杨耀东还是很急地往前小跑着。他知道，母亲会在看守所附近等着送他。他停下来，蹲下去，找了一块石头，想砸断脚锁上的钢丝。但费了半天劲，只砸掉了表面包着的胶皮。

“不要费劲了，只有找到钢丝钳或者钢锯才有用。”

“带着你真累赘！”

“你还嫌弃我了？真是的！”

“什么叫连累，两个人连在一起就是，我是第一次理解这个词的意思了。”

“你说，你刚才真会割开我的动脉吗？”

“说不准。”

杨耀东哆嗦了一下："你是救人的，能忍心杀人？"

"你知道，如果我母亲活着，她最希望的是什么？"

"当然是你也活着。"

"就是啊，如果我亡命天涯，消失无踪，只要没有我的死讯，她活着就有希望。"

"所以你会不顾一切，你要逃跑？"

"是的，这是我刚有的想法。"

杨耀东听他这么说，吓得赶紧蹲下来，想把脚锁砸断。

"我刚才已经试过，不要白费劲了。"

路人见了这对奇怪的、穿着囚衣的"连体人"，都会好奇地打量他们一眼，有些知道他们是犯人的，会害怕得躲开。不过，即使知道他们是从看守所或监狱里逃出来的，也没人有工夫管他们了。

陈尔璧带着杨耀东在看守所附近寻找母亲。他见人就问有没有看到一个六十多岁、满头白发的农村女人。人们都只是摇头。突然降临的灾难让所有人都有些蒙,他们都是从已坍塌或破损的家里逃出来的,或是刚好在户外,地震后飞快地跑回来的。他们满脸悲戚,眼含伤痛,都在吃力地扒着那些废墟里被埋的人或财物,很少有人想说话。两人到不多的几家旅馆去找了,即使两家已变成废墟的旅馆也去看了,都没有找到老人的任何踪迹。

余震突然到来,楼群摇晃,砖石落下,一些原本损坏的建筑损毁得更严重了,一些摇摇欲坠的房屋彻底垮塌下来。人们没命地往空旷的地方跑。陈尔璧和杨耀东也想逃到一块绿地里，但相互扯绊,好几次摔倒,最后终于跑到一棵香樟树边坐下来。

杨耀东惊魂未定,有些恼怒地捡起地上的一块石头,再次用力地砸着脚锁上的钢丝,但一点用处也没有。他泄气地把那块石头扔掉，哭丧着脸说:

“我他妈的怎么这么倒霉啊！”

“你其实很幸运。你想想看，正是因为我那个监舍是用来关押重刑犯的，所以修得格外牢固，在这次地震中才没有完全垮塌，你才能活命。假如你这两天没有被调来照顾我，还是待在原来的监舍，你可能真去见阎王了。你刚才看到了，你那个监舍只救出来了一个活着的。”

杨耀东听完后，愣住了。“你他妈这么一说，我是不是还真得好好感谢你？”

“就是啊。”

就在这时，他们突然听到了一片呻吟声。两人回头一看，发现不远处躺着十几个伤员。陈尔璧一见，搓了搓手，站了起来。

“你？”杨耀东感到不可思议。

“这也是他妈的命运的安排。”

陈尔璧扯着杨耀东朝伤员走去。

还不时有伤员朝这里抬过来。看到陈尔璧在给伤员包扎，人们都觉得奇怪。

“罪犯能救人吗？他不会有啥其他目的吧？”一个人说。

“这跟救人没有关系。”杨耀东把手叉在腰上，“大家看这附近有没有药店、诊所，赶快去找些急救药品来。还有，大家帮着留意一下附近，看有没有一个六十多岁、巴中口音、满头白发的老太婆。如果看到了，请告诉我们一下。”

陈尔璧一上手术台，就只知道一个接一个地救人，似乎把其他一切都忘掉了。

一个中年人一看，就对大家说：“看他那个样子，应该是医生，也的确在救人，让他救吧，我们去搜些药品来。”

几个人跟着他走了，另一些人找来门板，搭了个临时手术台。

八

谭乐为的手脚被捆绑着，怎么挣扎也没用。每隔几分钟，就有枪声传来。他知道那是那几个受伤的看守人员为了震慑犯人开的枪。这让他更是着急。过了大约半个小时，才碰到一个人，他赶紧喊那人来帮他松绑。

谭乐为被解救后，先把枪找出来，然后朝陈尔璧逃跑的方向望了望，想追过去，又停住了。现在，他最急迫的是要看看那些参与救人的犯人怎么样了。

谭乐为跑到救人现场，那几个受伤的管教人员松了一口气。其中一个说："你终于来了，刚才有人想跑，开了枪，才唬住了。"

"我刚才遇到了一点麻烦。"他突然想起陈尔璧一心救人的样子，没有说陈尔璧把他绑起来后挟持杨耀东逃跑的事，“你们不要担心，那些休假和今天没有在所里的人会很快赶回来。你们的伤怎么样，能坚持吗？”

他们都说没问题。

“老周有点悬，他刚才冒冷汗了。”

老周其实才三十来岁，但大家都习惯那样叫他。老周说：“没得事，我刚才开枪的时候，后坐力扯着伤口了。”

救出的人摆了好大一片，有些人昏迷着，清醒的人都在呻吟。那么多人间的痛苦累叠在一起，让痛苦无限地放大了，像无数把电锯拉扯着人心。谭乐为想，要是陈尔璧——这个人间痛苦的愈合者在这里就好了。

随着搜救范围的扩大，看守人员也得随之移动。谭乐为每次都得先把搜救区域设定好，找到三四个制高点，然后把犯人集中，让两名警察看着，再把其余的武器拿到制高点上，把受伤的管教人员扶上去，再把犯人押到那个区域。每次转移，他都累得够呛。

好在没过多久，地震时没在看守所的几个警察先后赶回来了，他们把受伤的警察替换了下来，又找到政府部门的救灾机构，把伤员运到了附近一家医院。

谭乐为简单地询问了市区的灾情，知道市区受灾不重，他舒了一口气。

大家都劝谭乐为休息一下，但他看着逐渐暗淡的天光，说："我得去找陈尔璧和杨耀东，不知道他们现在在哪里救人呢。"他也不知道自己为什么依然没有说陈尔璧逃跑的事。

经过坍塌的监舍，他看到他的金鱼还在鱼缸里活着，他没有去管，但有些欣慰。想起女友，他甜蜜地笑了笑，然后又恢复了自己警察的脸——比微笑时至少拉长了一寸。

“陈尔璧这个家伙如果只是要找他母亲，就肯定在这附近。如果要逃跑，就很难说了。但他要逃，一定会想办法把脚锁剪断，不让杨耀东跟着，杨耀东明天就要出去，一旦离开他，会马上跑回来找我，以撇清自己的嫌疑，但这么长时间过去，没见杨耀东的踪影，那证明他们还是锁在一起的，由此可以证明陈尔璧还没有打算逃跑。”谭乐为一边分析，一边往四下里望了望。

到处可见惨烈的景象，到处都是需要救的人。一些车队已经在往西疾驰，天上已有军队的直升机在盘旋。

他跑到一家四川特产店前，几个人刚把一个人从废墟里掏出来。“哎，警察哥，帮个忙！”一个小伙子喊住了他，他停下了。“帮我把这个伤员抬到前面的车上。”他没有怎么想，就弯下腰，抬起了躺在门板上的伤员。

就这样，他本想去追捕陈尔璧的，却不得不一次次停下来救人。他已离开看守所，他不知道杨耀东是否已跑回看守所去找他了，也就无法判定陈尔璧是否已逃亡，所以心里很着急。但他无法因为要把一个人追回来伏法，就不去救人。他只有把陈尔璧先放在一边。

九

陈尔璧原打算包扎完那十几个伤员后，就可以脱身，没想附近的人得知伤员抬到这里能够得到抢救，便都往这里抬。这里已用钢架、塑料布很快搭建起了一个临时救护所，能搜集到的药物都集中到了这里，几名医生护士也主动加入了陈尔璧麾下。陈尔璧穿着人们找来的白大褂，戴着口罩，不看脚下的脚锁，已看不出他是个犯人。

"止血带。"

杨耀东赶紧把止血带递给陈尔璧。

"手术刀。"

陈尔璧话音刚落，手术刀已递到他手上。

杨耀东现在已是一个熟练的助手。他一见陈尔璧那个专注的样子，就说："完了，你跑不脱了！"

陈尔璧没有理他，对救援人员大声喊：“今天晚上这里需要电灯，得找一台发电机来。”

几个小伙子赶紧跑开，找发电机去了。

谭乐为一边救人，一边搜寻陈尔璧。救人的时候，他也没忘了向人们打听有没有看到一对连在一起逃跑的囚犯，很多人都摇头。也有人说看见他们搀扶着一起跑，但往哪里跑了，他们也只能指个方向。谭乐为向那个方向追去，却连个人影也没有。

手机终于有了信号。他一下收到了数十条短信，但他根本没有时间回复。他给父亲打了电话，确定家人都安全，但女友的电话没有打通，手机开着，却没人接。他只好给女友的闺密打电话，没想到手机关机。他有一种不祥的感觉。他向女友工作的幼儿园飞跑了一阵，想去看看，但又停了下来。他不知道自己的眼泪是多久流出的，他像个孩子似的用袖子把眼泪抹去了。他感到背部的伤剧痛难忍，直入心肺和骨髓，让他直不起身子，他弓着腰，汗水直冒，忍不住大声呻吟起来，最后眼前一黑，倒在了地上。

当他被抬到那个简易手术台上，陈尔璧一下僵住了。杨耀东看了一眼陈尔璧，惊讶地喊叫道："这不是谭警官吗？"

陈尔璧还是僵立着，好一会儿，才像是明白了自己的身份，说："我们走！"

"医生，您往哪里走？这里还有这么多人等着您救呢！"一个帮着照顾伤员的志愿者说。

"那个……嗯……是这样的，这里的重伤员都已经救治了，其他地方还有人等着我们去救呢。"陈尔璧吞吞吐吐的，终于编了个谎。

"这个躺着的警察伤得也不轻啊，您先给他把手术做了嘛。"另一个志愿者拉住了陈尔璧的手。

陈尔璧站定了，他看了一眼谭乐为，发现他脸上有一道模糊的泪痕。他觉得自己突然有些虚弱，他用左手撑住自己的身体。有人说："要不，医生，您累了这半天了，先休息一下吧。"另一个人马上把一瓶矿泉水递给他："医生，您先喝口水。"

陈尔璧眼睛有些潮湿，他咬咬牙，说："谢谢大家，我不累。"说完，他把水接过来，喝了一大口，然后递给杨耀东，"你也渴坏了。"

谭乐为的警服上满是血迹、尘土、泥污，已看不出原来的样子。他后背的伤口裂开了，伤口里也净是脏东西。陈尔璧为他清洗伤口时，他醒了过来。睁开眼睛，看见陈尔璧，不禁有些惊喜，忘了自己有伤，要坐起来，但伤口疼得他龇开了牙。

陈尔璧按住他："警察同志，躺好，我在为你处理伤口。"

"原来你们……在这里，害我到处找。救治了多少人了？"

杨耀东抢着说:“我一直在协助陈医生,在这里重伤员就救治了三十多个。”

一个志愿者补充说:“轻伤的还有好几十个呢!这些受伤的人真是运气好,能碰到这么好的医生。”

“老人家有消息吗?”

陈尔璧摇摇头。

“我也帮着找了。”谭乐为安慰他,“我相信老人家会没事的。”

“你家人都没事吧?”

“还好。”谭乐为又想起了女友,“只有女友的手机打通了没人接。”

“不会有事的。”

“我想也是。”

伤口缝了十七针,谭乐为双手扣住用作手术台的门板。手术做完,他瘫在手术台上,半开玩笑地对陈尔璧说,“痛煞我也,陈医生,你对我的怨恨这次都发泄了。”

陈尔璧笑了:“告诉你,我没有怨恨;如果有,我只恨自己。”

“那你不会再跑了吧?”

“跑与不跑,我的确没法回答你。”陈尔璧抹了一把额头上的汗水,“你要记住你是伤员,安心地去休息吧!”

“哪能躺得住啊,我还要帮着找你母亲呢。”

“你愿干什么就干什么,现在,你先下手术台,还有人等着做手术。”

谭乐为被扶下了手术台。他并没有去躺着,而是就近指挥救灾去了。

陈尔璧医术高超,已被附近的灾民视为救星。他叫人去做的事,都会有人抢着去做。他叫两个小伙子在救灾时留意一下,如有五金店,找一把好的钢丝钳来。一个小伙子很快就找来了。只有杨耀东知道他要干什么。杨耀东低声问他："你还要跑？"

"不连累你了。"

"我已经习惯跟你连在一起了。"

陈尔璧趁人不注意，蹲下去，剪断了脚锁。

"你现在自由了，我们都不再彼此拖累了。"

"你不怕我去跟谭警官告密。"

"你愿告就去。"

一辆拉运伤员的卡车开来，陈尔璧撒了个谎："我把他们护送到医院就回来。"说完就上了车。

杨耀东站着没动，车开动后，他向陈尔璧挥了挥手，喊了一声："保重！"

陈尔璧摘下口罩，也对他挥了挥手，笑了笑，重新把口罩戴上了。

杨耀东看着汽车远去，坐下来，他突然感到有些落寞。

十

陈尔璧走到半路，让驾驶员停车。“我要到这附近去救人，就不跟到医院了。”

驾驶员没有说什么，让他下了车。

这里也是一片受灾很重的街区，离看守所也没有多远。他坐下来，把脚锁上拖着的那截钢丝剪掉，这样，就一点也不碍事了。

他恍然觉得自己成了一个自由的人，他望了望不动声色的天空和遭遇了灾难的城市。“现在所有力量肯定都在全力救灾，如果要逃走，肯定是个好机会。但往哪里逃呢？现在，似乎天地无限大，想去的地方却只有母亲那里。”他有些伤感和无奈。

他站起来，不管方位地往前走。他身上的白大褂很快引起了人们的注意。几个人见了他，惊喜地大叫着“找到医生了，找到医生了”，一边飞快地朝他跑来，一边喊着：“医生，有人不行了，快去救人！”

陈尔璧一见，转身想逃，但却迈不开脚步。

一个人气喘吁吁地先跑到了他跟前，第一句话就带着责备的意味：“医生，现在这个时候，你竟然没有在手术台前，我们在到处找医生啊，快跟我走！”

另外两个人也赶了上来，一个老人合了合掌：“菩萨保佑，正需要救命的人，救命的人就来了。”

陈尔璧知道自己现在最该做的事就是逃跑，赶紧说：“不好意思，不好意思，我……我不是医生。”

“你穿着白大褂，却说自己不是医生？”

“我……我是个逃犯。”

“你这个人过分啊，为了逃命，不惜编这样的谎！我一看你这个样子就是个医生。”那位老年人指着他。

陈尔璧无地自容。

最先赶上来的人拉着陈尔璧的手："你肯定是医生，求求你去救救他们。"他伸出一双血糊糊的手，带着哭音接着说，"那里躺着二十六个人呢，有五个人是我们用手刨出来的，有一个死了，那四个都还有气！其中还有位孕妇，可能是惊吓的原因，要生娃了，但就是生不出来。"

陈尔璧知道自己又逃不掉了，突然想哭，一咬牙，说："你带路吧……"

一个小伙子一听，赶紧飞跑起来。陈尔璧因为腿部有伤，跑不快，那小伙子又跑回来，不由分说，背起他就跑。

"伤员现在放在哪里，有没有药物和工具？"陈尔璧在小伙子背上问。

"伤员都在社区医院里。"

"那里没有医生吗？"

“哎呀，惨得很！据说他们两点多聚在一起开一个会，地震后，都埋了，只有一名值班的护士幸免于难，但也伤得不轻，所以，医院里啥都有，就是找不到救命的医生！”

“得给我一点吃的，从早上到现在，我啥也没有吃；还得给我一点水喝。”他的肚子听到他的话，大声轰鸣起来。

“我这里还有一个面包，水只有半瓶。”小伙子把面包和水递给他，“对了，我叫谢建蓉，建设蓉城嘛，是这里的社区主任。”

陈尔璧接过水，一口喝了。“你就叫我陈医生吧。”说完，几口就把面包吃了。

“你是社区主任，你们这边发现过一位满头白发的老人吗？六十多岁，头发白得跟雪一样。”

谢主任想了想，摇了摇头说：“她是您什么人？”

“我娘，她今天刚好从巴中赶来看我。”

“我们一定帮您留意着。”

“那就谢谢你了！”

说话间，他们已到了社区医院。

谢主任跑去拿来了面包和水：“陈医生，您再填填肚子。”

陈尔璧一边洗手、消毒，一边说：“等会儿再说，得先给那位产妇做手术。我不是妇科医生，但我会尽力！”

产妇受了伤，可能是痛苦的原因，浑身是汗。陈尔璧要检查她的伤情，她抓住陈尔璧的手，乞求道：“医生，不要管我，快救我的孩子，快救我的孩子！”

陈尔璧检查后，安慰她：“孩子没问题。你这是难产，得做剖宫产手术。”

产妇安静下来了。

陈尔璧转身出了手术室，悄声对谢主任说：“找一个女同志来帮忙。”

很快，谢主任带来了一个五十多岁的妇女："她以前当过赤脚医生。"

产房外一下聚集了好些人，他们都是无力去救灾的老人和伤员，像是在等着自己家孩子的降生。

婴儿的哭声传来，大家几乎不约而同地舒了一口气。

陈尔璧感觉自己有些虚弱。他瘫坐在一把椅子上，谢主任左手端着一碗泡好的方便面，右手端着一杯热水："陈医生，非常感谢您，您现在一定要吃点东西了。"

"我按受伤轻重来手术，谢主任，你先让人把受伤最重的伤员抬到手术台上！"他像是受到了极大的嘉奖，心满意足地微笑着，"我几口吃完后继续抢救。"

方便面已不烫了，泡久了，过于软了些，几口下去，就只剩下汤水了，他喝得一滴不剩，然后咂了几下嘴，快步走进了手术室。

十一

杨耀东离开陈尔璧后，像是获得了解放。因为只有谭乐为能证明他在地震发生后所做的一切，他决定还是去找他。他知道谭乐为会去追捕陈尔璧，而他知道陈尔璧是怎么逃走的。

他想起陈尔璧，心里有一种复杂的感觉。他突然意识到命运的确难以捉摸，显得过于残酷。他记得自己刚要调到9号监舍时，知道那个监舍关押着一名死刑犯，还有些害怕。但陈尔璧一点也没有电视剧里杀人犯那种阴险、毒辣、暴虐的样子，他身材高挑、清瘦，站起来身体很直，穿的囚服总是很整洁，看上去一副儒雅文静的模样，的确与他想象中的杀人犯反差太大。相处下来，监舍的人都很喜欢他。杨耀东知道，陈尔璧的医术的确高超，在这种灾难面前——在死亡面前，他就是救星。如果不被枪毙，不知道一生能救多少人呢。所以，他真心希望他能逃走，永远不要再被抓住。

杨耀东找到谭乐为的时候，看到他正组织人在幼儿园救人。

杨耀东有些激动，大声喊道："谭管教！"

谭乐为一见他，就猛地盯住了他的脚："谁剪开的？陈尔璧呢？"

"他……送伤员去医院了，我来找你，就是向你报告这件事的。"

"你不要包庇他，你知道包庇罪的后果。"

"他的确是送伤员到医院去了。"

"你怎么没有制止他？"

"他手里有手术刀，假如……"

"他往哪个方向跑的？"

杨耀东犹豫了一下，指了指南边，忍不住说：

“难道你非要把他抓回来枪毙掉？”

“废话！”

“他已经至少救了四五十条人命。”

“那是两码事。”

杨耀东把藏在袋子里的一个馒头摸了摸，没有舍得拿出来。但看到谭乐为的样子，他还是把馒头掏了出来：“谭管教，补充一点体力吧。”

谭乐为咽了一口唾沫，接过来，掰成两半：“谢谢你，你也吃一点。”

杨耀东连忙推辞：“我肚子不饿。”犹豫了一下，问道，“谭警官，明天是我刑满释放的日子，现在看守所已经没有了，释放手续我过一段时间回来取，可以吗？”

谭乐为一听，差点被噎着，把吃了一口的馒头还给他：“原来你是在贿赂我啊！”

杨耀东把馒头塞回给谭乐为：“我只不过想问

一下。”

“我没有这个权力。”

“那我就跟着你，你到时一定要证明地震后我一直是守法的。”他看见谭乐为眼睛有些潮湿，小心地问：“你给家里打电话了吗？”

谭乐为抬起头来，眼里含泪。他掩饰性地抹了一把脸：“太热了，汗水迷得眼睛都睁不开。”他说完，来到几具摆放着的遗体旁。掀开盖在一具遗体脸上的衣服，跪下去，亲吻了她的额头，然后重新把脸盖上：“悦娴，我不能照顾你了……”

“谭管教，她是？”

“我未婚妻金悦娴。”谭乐为站起来，“你就在这里帮着救人吧，我抓住陈尔璧后，再来这里找你。”他说完，拔腿向东边追去。

“他往南边跑了！”

“你他妈的以为他真会去医院？真会往南跑？”

天上下起了雨，像是老天为这场灾难落泪。谭乐为浑身湿透，他问了好些人，有没有看见一个穿着白大褂的瘦高个医生。有一个人说他看见过。待追过去，的确有那样一个人，但并不是陈尔璧。谭乐为又饿又渴，伤痛让他每跑一步都感觉背部被撕裂了一次。他觉得自己的身体越来越虚弱。他找到一个自来水龙头，猛喝了几口水，忍着痛苦，喘了几口气。他想起了女友，想起了她怀里抱着的孩子——怎么也掰不开她的手，费了很大的劲才把她和怀里的孩子分开，想起她死亡时还是奔跑的样子，想起了她满是尘灰的脸——他都来不及给她擦干净，他早晨还亲吻过的脸蛋已经冰凉，吻过的嘴唇已经苍白，注视过的眼睛已经闭上。他撕心裂肺地哭了，却没有哭出声，只觉得身体被自己的哭撕得粉碎。

但他只能给自己几十秒沉入悲痛的时间，他一定要把陈尔璧找回来。

谭乐为断定陈尔璧不会跑得太远，甚至在没有找到他母亲之前，他都不会离开这里。这么想着，他内心的压力似乎小了些。他突然想起了杨耀东的那句话——难道你非要把他抓回来枪毙掉？这个问题他还真没有想过。自从成为警察，他一直都是听命行事。现在，他突然觉得面对陈尔璧这样一个人，这个问题变得很难回答。但这种犹疑很快就消除了。他对自己说了句："废话！"

要在晚上追捕一个逃犯无疑是大海捞针。正当他绝望的时候，见前面有一团灯火。他跑过去，看到那里的人在有序地忙碌着。不时有伤员抬来，志愿者在主动献血，经过救治的伤员又被送到了医院；有力气的在救人；年老的人在照顾更老的人和孩子；还有些人把水和食物收集起来，集中烹煮，分发给饥饿的人。

谭乐为在一口煮着粥的大锅前站定，咽了口唾沫,肚子里的轰鸣声随即传出。一位老阿姨把一碗稀粥舀好:“孩子,来吃一碗。”

“谢谢阿姨。”谭乐为喝了一大口,烫得他没有咽下去,差点又吐回到碗里。

“孩子,不要急。”

“阿姨,我有急事。”谭乐为倒了半杯凉水进去,搅了搅,端起碗,几口喝进肚子里。

“这么大的灾难,谁都有急事。”

“我要抓一个犯人。阿姨,你见过一个腿受了伤、穿着白大褂、身高一米八、很文气、四十来岁的医生吗?”

老阿姨想了想:“你说的不会是陈医生吧?”

谭乐为有些惊喜:“阿姨知道他的名字吗?他在哪里?”

“只知道他叫陈医生。”老阿姨看了他一眼,“人家一直在这里救人呢,忙得气都没来得及喘一口,他不会是你要抓的犯人吧？”

“哦……应该不是。”

“那你可以进去看看。”

“我在窗子外头看一眼就行了。”

“那也好，陈医生那么忙，又在救人，最好不要打扰。”

谭乐为道了谢，来到手术室的窗外，看到那个身影的确是他熟悉的。他盯着陈尔璧。盯着陈尔璧那副忘我的样子，盯着他头上的腾腾热气，盯着他如此娴熟地做着手术，心里突然涌出一种异样的、从未有过的感慨：“人类为什么会犯他妈的罪呢？”

他在夜色里站了好一会儿。“你忙吧！”谭乐为转身离开的时候，有些不相信自己，“我竟然没有管他，竟然没有把他抓起来。”他似乎有少许的得意，“人家在救人，为什么要管他呢？我要做的，还是去帮他找到他母亲吧。”

谭乐为往看守所的方向走。他确定老人会在看守所前面那片区域找个地方安身。他想起了那栋高耸的烂尾楼。那种地方常是刚来城市的打工者、乞丐和流浪汉的居所。他远望了一眼那座高耸在雨夜里的、被模糊灯光镀出身影、只有一副骨架、显得很是诡异的高楼，忍着伤痛，快步向那里跑去。

谭乐为有一种经验，也有一种警察的直觉，觉得老人可能会在那栋楼里，而那里是个容易被人忽略的地方。

参与抢险救灾的志愿者越来越多，但一些人不知道该干什么，谭乐为让他们跟着他走。

围绕着烂尾楼赘生了一片粗陋的棚屋，但差不多都在地震中坍塌了。这里很安静。一只拴在屋檐下的狗没能挣脱，恐惧地哀鸣着。谭乐为把它解开，看着它跑掉，然后带着大家开始搜寻幸存者。

地震的时候住在这里的人大多外出讨生活去

了，留下的人不多，加之这都是些破瓦烂砖搭建起来的简易居所，即使坍塌，也造不成太大的伤害，但还是有人受伤。谭乐为指挥志愿者把重伤员抬到附近的救护点去，然后开始逐户逐屋地搜索。

他问那些人有没有看到一位满头白发的老人今天下午到这里来过？很多人都摇头，只有一个老头说，他看到过，但他眼睛花，没看清楚。其他人就笑，说这老叫花子的眼睛看不清楚人，只看得清楚鬼。

谭乐为一听，还是有了希望。他用矿泉水吞咽着面包，强迫自己不睡过去——他一夜未睡，两眼发红，疲惫得像一摊稀泥，但他知道，七十二小时内的时间对于救援非常重要。他对自己的伤痛似乎已经麻木。远处一只公鸡啼叫起来，鸟儿从一棵树飞到另一棵树上。他看了一眼笼罩在清晨雾气中的朦胧城市，又抬头看了一眼这座只有框架的高楼，突然想起应该到楼上看看。

楼上也有用残砖破瓦搭建起来的临时居所，被分成了迷宫似的众多房间和巷道，但昨晚天黑，没有人注意到。

搜寻了一个多小时，谭乐为终于在一个角落里找到了陈尔璧的母亲。她可能是想靠墙歇息，不想地震发生后，砖墙倒塌压住了她。谭乐为的一双手早已血肉模糊，他找来破布包裹着，使劲扒开那些砖瓦。老人家的白发被染成了土灰色，右小腿骨折，吐出的血结在嘴角处，都快变黑了。她脸色铁青，身体虚弱，见到谭乐为，盯着他身上几乎已看不出本来样子的警服，问他："你是公安同志？"

"阿姨，是的。"

"我去看我儿子的时候，我见过你。"

谭乐为点点头："是的。"

"你们……把他……送走了吧？"

“还没有,本来该今天,这不地震了嘛。”

“哦,你们不救我就好了,我就可以跟我儿子一起走了,我都觉得我走了好远的路了。”

“阿姨,你不能这么想,我得送你到医院去。”

老人一听,就很紧张,连连说:“不去,不去,千万不要送我去。”

谭乐为很是惊讶:“阿姨,您受了伤,必须要治疗。”

“你不要管我就行,反正不要送我到医院去。”

“阿姨,我们看守所在地震中震塌了,您儿子的判决可能最近几天都没法执行,您不赶紧到医院把伤看好,到时怎么看望您儿子?”

“那他现在在哪里啊?”老人激动起来。

“他在救人。”

“他还有资格救人吗?”老人流泪了。

“当然。他救了很多人。”

老人听他这么说，用体内残存的那点力气,像个小女孩似的哭了。

十二

陈尔璧觉得自己在救人与逃命这两个选择之间被撕裂了。他在心里骂自己，一个马上就该被正法的死囚，不去逃命，却忍不住要去救人，真是荒唐。

他总想逃走，但当一个接一个的伤员被抬进来，他又觉得自己没法抛弃任何一个。手术需要他专心致志，不能分心，但自从剪断脚锁，获得自由，他就变得像刚从笼子里逃出的麋鹿一样警觉。他突然觉得自己有了既可心无旁骛，又能眼观六路、耳听八方的本领。他开始的确想知道母亲的下落，但他很快想通了——如果母亲能够在这次灾难中幸存，她一定不想抱着儿子冰冷的骨灰盒度过余生。他做的人生的最后一个梦似乎就是这个意思。所以，当谭乐为在窗前看他时，陈尔璧其实也看到了谭乐为。谭乐为没有抓他，让他有些感动。但他也在琢磨着尽快离开这里。直到十三日清晨，伤员才少了。他觉得自己一定要离开了。他说他要上个厕所，然后跑了出去。

他冒雨来到一个已没有人的建筑工地，找了一身衣服和一双胶鞋，把血迹斑斑的白大褂和里面的囚服换掉了；这样，他看上去就像一个在建筑工地打工的农民了。

他找了一点吃的，拿在手上，边走边填着肚子。他决心向南边跑，他曾到云南边境地区背包旅行过，边境容易偷越，他可以越境去越南、缅甸或老挝，他觉得凭自己的医术，他在那里完全可以谋生。但他太累了，感觉自己就是一摊稀泥，连站立都费劲。他想随便找个地方躺下大睡一觉，但他不敢，他踉跄着向南边跑去。

谭乐为回到社区医院，没有找到陈尔璧。他问谢建蓉："那个陈医生呢？"

"他今天早上说他要出去上厕所，然后就再也没有回来，我们也找了，人影都没有，可能是回自己的医院了吧。"

"哎呀，这家伙还是跑了。"他说完，就摇晃着往前追去。

陈尔璧也累得够呛，他找了一个废弃的铁皮棚子，坐下来，想休息一会儿。没想一坐下就睡着了。

他做了一个梦，梦见自己陪母亲走在老家的土路上，阳光有一种毛茸茸的暖意。桃李开在路边，再远处，梨花如雪。突然，大地摇晃、撕裂、冒出泥浆和血。他趴在地上，一动也不敢动，但还是感到眩晕。待一切静止，他再向四周望去，不见巴山，也不再有无边春色，只余一望无垠的荒漠和铅云密布的天空。世界由彩色变成了黑白。他四顾茫然，一下惊慌起来，觉得自己被世界抛弃了。他感到窒息，难以呼吸。他挣扎着……待醒来时，浑身是汗，铁皮棚子抖动着，垮塌下来，发出刺耳的声响。他突然意识到，这是余震。他躺了一会儿，回忆起梦境，想起自己竟然又做了一个梦，觉得格外珍贵。他从铁皮棚子下钻出来，看到好多人从建筑物里往外跑，惊慌地聚集在一起。

小睡了一会儿，他觉得自己的体力恢复了一些，想起梦境，他对自己说："我必须要逃跑。"

他想起茶店子有到昆明的长途班车，便问一个人到茶店子该往哪个方向走。那人想了想，往四面望了望，不敢确定："往东走两站路有公交车，只是不晓得现在是不是还有车在跑。"

陈尔璧感激不已，连道了好几声谢谢。

他看到了那个公交车站，不由得加快了脚步。站台上没有人，但就在他看站牌的时候，谭乐为突然站在了他面前。

陈尔璧吓了一跳："你在这里干什么？"

"刚好路过。你呢？你跑到这里来干什么？"

"我也刚好路过。"

"路断了，公交车停了。"

"哦。"陈尔璧很平静，仍看着站名，"你这个警察很厉害啊，知道我要到这里来。"

"我也刚到一会儿，这是远郊，离这里比较近的公交站只有这一个。我想，与其到处找你，还不如到这里来碰碰运气。"

他们并排往回走着，像老朋友。

"你该早些跑，不要去救人。"

陈尔璧笑了笑："职业病。"

"你母亲找到了。"

陈尔璧一下抓住了谭乐为的肩膀："她没事吧？她在哪里？"

谭乐为的脸痛苦地皱成一团："你弄疼我的伤口了！"

陈尔璧赶紧松了手。

"阿姨受了一点小伤，现正在医院里，没有什么事，估计休息一下就能出院。"

陈尔璧舒了一口气，突然哭了："谢谢你！"

谭乐为拍了拍他的肩，笑了："没想到你这么帅的一个人，哭的样子这么难看。"

陈尔璧被他说得止住了哭："我想去看看我娘……"

"走，我们现在就去。"

陈尔璧心情迫切，走得很快。越往西走，灾情越重，人也越少。路过成都银行西郊支行的废墟时，谭乐为看到有人准备钻进去拿东西，他喊叫了一声："嘿，我是民警，你马上离开！"

那人影子一样消失了。

谭乐为有些抱歉："我必须守在这里了。"

"那我也不能离开了。"

"我们现在不能去看望老人家了。"

两人在银行前的一棵香樟树下坐下来。他们都很累，谭乐为更是。他一坐下来，眼皮就打架。他怕自己睡着，不得不站起来。

"我太困了，我得把你绑起来，然后眯一会儿。"

谭乐为找来一段电线，把陈尔璧的手反过来，绑在了那棵香樟树上。然后，他再次挨着他坐下来，往树上一靠，就打起了呼噜。

陈尔璧有些怜悯地看了谭乐为一眼，发现这个年轻的警察一夜之间变老了。

陈尔璧刚才在铁皮棚子里最多躺了二十来分钟，他靠在树上，似乎不用再担惊受怕，便想再休息一会儿。但想到自己做的梦，想到自己可能今天回到看守所，就会被正法，他的手不由得摸了摸捆绑自己的电线，然后用力想挣脱出来，但电线越挣越紧。

他知道自己是徒劳的，叹了一口气。“刚才在公交站只有他一个人，如果我转身跑掉，他是很难抓住我的，但我乖乖地跟着他走了这么远。”他觉得自己有些不可思议。他不再动，眯上了眼睛。

周围很安静，除了偶尔有银行砖墙坍塌时发出的嘎吱声，似乎就只剩下尘埃落地的声音了。

陈尔璧正想迷糊睡去，突然听到了“当、当、当”的敲击钢筋的声音，然后听到地下有声音传出来：“救我——救我——”那声音很低，像从地狱里发出的。

“废墟下还有人活着！”他踹了谭乐为一脚。

谭乐为一下惊醒了：“怎么了？”

“银行的废墟下还有人活着，在敲钢筋呢，听！”

但再也没有声响了。

“哪有人啊?你肯定幻听了,让我再眯一会儿。”谭乐为有些伤感,“我刚才梦见我女友了,她在找我呢,眼看就要找到了。”

“谭警官,你还有心做春梦啊,真的有人呼救,你解开我,我要去救人。”

谭乐为有些怀疑地看了他一眼:“你不会是想着要逃跑吧?”

“当然想。”

谭乐为解开了捆绑他的绳子。陈尔璧跑到废墟前,也用砖头敲击钢筋,然后大声喊叫:“我刚才听到你的呼救了!”

过了一会儿,敲击钢筋的声音再次传来,只是像已用尽了力气,敲击声很轻。

谭乐为也听到了。两人确定了声音传出的地方。

水泥和砖块累叠着,非常危险。

“我在前面。”陈尔璧说。

“我是警察，你得在我后面。”

“你背上有伤，不利索。这是救人，手脚得麻利。你还年轻，我如果死了，算是赎罪，还可以节约一颗子弹，这个机会你应该让给我。”陈尔璧说着，挡在了谭乐为前面，钻进了废墟里，把里面的砖头、水泥扔出来，“你最好去找个工具来。”

“你等着。”谭乐为说着，钻出去了。

谭乐为找到了一把十字镐、一把钢丝钳。他很奇怪自己能放心地把陈尔璧扔在那里。当他拿着工具回到救援现场，陈尔璧正像一只奇怪的动物，在废墟里专心打洞。

大概用了一个半小时——就在他们马上要接近被困的伤者时，余震再次发生，眼看谭乐为头上一块水泥板要塌下来。陈尔璧大喊了一声躲开，用头把谭乐为一顶，紧接着把十字镐立起，撑住了水泥板，使谭乐为没有被水泥板压住。

谭乐为回头一看，倒吸了一口冷气，想说感谢的话，但觉得多余。

“还得快去找个东西来把这水泥板撑住，不然塌下来，我们就白费劲了！”

谭乐为赶紧钻出去，找来砖头，撑住了水泥板，然后说：“得赶快把受伤的人救出来，我怕这砖头支撑不了多久。”

“我马上就靠近他了。”

陈尔璧把几根钢筋剪断，推开砖块。来到了伤员的身边。伤者大概四十来岁，一根钢筋从背后刺进去，从小腹穿出来，因为失血过多，已经昏迷，而和伤者在一起的另外两个人已经死去。陈尔璧小心地把穿过伤者身体的钢筋剪断，给他包扎止血后，一点一点地把他从用砖头支撑起来的水泥板下推送出来。

谭乐为把伤者接住，用力往外拉，刚拉出去，那块水泥板垮塌了下来。陈尔璧被困在了里面。

“陈医生！”谭乐为大声喊叫。

“快把伤员送到医院，不要管我！”

谭乐为看了看废墟，舒了一口气，说：“你反正要死的，如果在这里罹难，我以后会常来看你。”

“这地方不错。不过，我救了这么多人，不能减刑吗？”

“有可能吧。”谭乐为摸了摸衣服口袋，把身上仅有的六百五十三元卷好，扔进了废墟里，“这里有点钱，你自己如果能出来，去吃顿好的。”

陈尔璧笑了：“你这是给我的路费吗？”

“不要胡说八道，我只知道你他妈的被埋了！”

十三

谭乐为在送伤员去医院的路上,碰到了到处找他的杨耀东。杨耀东替他把伤员背上:“谭警官,陈尔璧没有抓到?”

“抓到了。”谭乐为停顿了一会儿,“可惜救人的时候被废墟埋了。”

“真是可惜！他救了这么多人,如果活着,肯定会从死刑改判死缓的。”

“是啊。”

杨耀东有些难过:“谭警官，他埋在哪里你记得不?”

“到处都是废墟,我只管救人,也没有在意,反正离这里不远。”

他们把伤员送到医院,已是午后。两人疲惫不堪地向看守所走去，他们准备顺路去接陈尔璧的母亲。

“如果不是这场地震，陈尔璧现在应该刚被正法。谭警官，等会儿见了老人家，怎么跟她说呢？就说正法了？”

“这个时候，怎么可能正法呢？就告诉老人家实话，说她儿子救人时被埋了。”

“这样说也行，陈尔璧不是被枪毙的，老人家心里会好过很多。”他挠了挠头，“谭警官，你看这样行不行，我出去后，想认老人家为娘，来替陈医生尽孝。”

“这很好啊，我们一起吧。”

杨耀东很激动：“那我跟你就是兄弟了？”

“当然啊，我们都是老人家的儿子嘛！”

杨耀东看着谭乐为，双眼潮湿：“谢谢你，老弟！”

他们赶到医院时，老人家坐在走廊的椅子上，痴迷地看着窗户外的天空。谭乐为喊了两声阿姨，她才回过神来。一见是他，激动地站了起来。

“我儿子呢？”

谭乐为让老人坐下。“阿姨，地震后，你儿子一直在救人，今天上午，他在救人的时候，被埋了，可能难得出来了。”

“你是说，他是救人时死的，不是被执法枪毙的？你没有哄我吧？”

“的确是。余震发生时，废墟要塌下来，他把我推了出来，没有他，我可能已经死了。”

老人家没有说话，老泪大颗大颗地从昏花的眼睛里滑出来。“我儿子走得好，多谢你！”

“我们得接您回去。我和杨耀东商量好了，我们以后都是您的儿子，我们会好好照顾您的。”

老人家一下站起来：“我……我哪配有你

们……这样好的孩子啊！”

杨耀东走到老人家跟前：“阿姨，您只要不嫌弃我就行。您放心，我以后一定学好，不会再犯错了。我已服刑期满，等两天就可以送您回老家了。”

老人浑身颤抖着：“孩子，多谢你们，多谢你们！”她又望了望布满阴云的天空，说了一声，“也谢谢老天爷！”

谭乐为去找医生，问老人家能否出院。医生看了看他，问道：“你是她儿还是她孙啊？”

“儿。”

医生把他上下打量了一番：“警察同志，不是我说你，你还是要多关心一下你妈，她的伤没什么问题，就是营养不良啊，你得多给她吃些有营养的东西。”

谭乐为有些不好意思：“我妈啥都好，就是不好好吃饭。”

谭乐为回到老人跟前，扶起她："妈，我们出院了，现在忙，您得跟我先回看守所，等灾情过了，我们才能送您回去。"

老人回到看守所，看到那里已是一片废墟，有些不相信自己的眼睛："没想到连这里都震成这样了！"她回过头来，看着谭乐为，"你能给我指一下，我儿子原先待的地方吗？"

谭乐为带着她来到坍塌的监舍前，给她指了指关押陈尔璧的监舍遗址。

老人家望了望虚空，很是欣慰地说："璧儿，你为了救人走，娘心里很高兴。你自己安心就好，不要牵挂我，我会照顾好自己的，何况还有谭警官和你的朋友杨耀东呢。他们说，他们都是我的孩子，他们会替你照顾我。你看，这人世对我多好，你走了，我却又有了两个儿子。"

老人没有流泪。她回过头来，对他们充满慈爱地笑了笑。

谭乐为找到了那个金鱼缸，两条鱼的确还活着。谭乐为把鱼缸抱在怀里，想起女友，想起那么多遇难的人，他想大放悲声，但他忍住了。

老人家摸了摸鱼缸说："两条鱼还好好地活着。"

杨耀东说："那是他女朋友送给他的，地震时，他正在卫生间里给金鱼换水，这救了他的命。"

"真是老天保佑啊！你女朋友好着呢？"

谭乐为转过身，好一会儿才说："好着，好着。"

杨耀东听他这么说，也偷偷地抹起泪来。

谭乐为把鱼缸放好，把老人家安置在一间幸存下来，还很牢固的房子里，和杨耀东把收集到的铁丝网集中起来。"过不了多久，他们救完人还得回来，得给他们收拾个地方。"他用铁丝网圈了一块椭圆形的隔离区，算是建起了一个临时的西城看守所。

下午五点多钟,管教人员领着囚犯回来了。囚犯们疲惫至极,换了衣服,倒头睡去,看守人员不能怠慢,只能轮班休息。

夜色慢慢沉了下来。远处仍有喧嚣之声,救援还在继续。谭乐为已知道这是一场巨大的灾难,所有的管教人员和囚犯稍事休息后,还得赶到新的救灾点去。他站在哨位上,守护着这些人的睡梦。背上的伤痛扯得他龇牙咧嘴,他不停地倒吸着含有凉意的潮湿空气,似乎这样做了,他的伤痛就会缓解一些。

灾难使这片地区成了一片旷野,雨后的蒙蒙雾气使这旷野似乎没了边际。他学着老人家的样子,看了看天空,对女友说:“你是天使,你走好。”

然后,他把目光从深邃无比的天空收回来,向前方看去。他惊讶地看到一个身影从蒙蒙雾气里走了出来，那个身影一瘸一拐，似乎随时都有可能倒下去，但他坚持着。

——那个身影瘦高，文质彬彬的，径直向谭乐为走来。

谭乐为惊喜得说不出话来，不停地向他挥手。

那个身影一直走到哨位前，站好，吃力地对谭乐为说："死囚……陈尔璧……前来……报到……"他说完，就要倒下去。

谭乐为一见，大步跨上前去，一把扶住了他。

我们都需要救赎

作者 卢一萍

《大震》原来的题目叫《死囚陈尔璧前来报到》，有人说，这有点标题党的感觉，我就改了。

写这个小说，是我第一次试图明确地去讲一个故事。一个即将被执行死刑的人，因为突然遭遇地震，导致看守所垮塌而有幸逃脱，他怎么面对自己的处境？他能否获得救赎，又如何获得救赎？这是我试图来回答的问题。

汶川地震发生后，我十分震撼地感受

到了,人类在大自然面前蝼蚁般的弱小。我开始关注它。我看了大量有关地震方面的资料和图书。有汶川的，也有唐山大地震的,还有其他地方的。二〇一八年是汶川地震发生十周年,十年过去了,我以为我可以面对那场灾难了,但每当我想起那些情景,我还是会忍不住两眼潮湿。那些块垒郁结于心,使我觉得自己如果不写点什么,郁结于心的东西就永难舒解。

我在资料中读到过在地震中监狱垮掉后,有犯人幸存的故事。我就在想,他们面临突然而至的、天赐的获得自由的机会,会做何选择？这涉及人性。所以,作为小说来说,无疑是想象发挥用处的时候,也是虚构最富有魅力的时候。

我决定写一篇这样的小说。挑战一下自己能否把这样一个小说写出来。

这的确是一个挑战。

这些年，我一直在思考虚构与非虚构之间微妙的关系。一个真实的故事或事件，一旦用虚构的方式来讲述，反而难以让读者相信。这就是小说写作有意思的地方。

《大震》里面主要写了三个人物:原本要在五月十二日被执行死刑的陈尔璧、管教民警谭乐为、即将刑满释放的惯偷杨耀东，三人都在这场突然降临的大震中幸存了下来。谭乐为为了防止陈尔璧逃跑，把他和杨耀东铐在了一起，而杨耀东也因此成了陈尔璧的人质，陈尔璧挟持他逃跑，谭乐为则要尽力追捕。三人的命运由此纠结在了一起。陈尔璧杀人前是有名的外科医生，这个逃跑的机会是他死里求生的唯一途径，他一度甚至摆脱了杨耀东和谭乐为。但作为医生的他，面对灾难、面对那些受伤的人，内心的人道主义情怀使他不断要去救人，正是在这个过程中，他的内心乃至灵魂得到了救赎。

更主要的是，我认识到，我们都需要救赎。

这个小说要写出来,的确很难。尤其是陈尔璧这个人,他在最后有了逃亡的机会,但他没有选择那样做,而是回到了监狱,向谭乐为报到。他在不到一天的时间里,要完成自我的救赎。这个经历要写得让人相信,尤为不易,我几乎用了四个多月的时间,才琢磨出了可能性。而完成它,只有靠真实可信的细节。而这些细节,来自我对苦难的肤浅理解。

小说可能永远涉及意义。在意义这个角度上来说,小说作者犹如身处大海。一个人游在大海上,只要看到还有灯在闪烁,就是安全的;如果没有,则觉得世界根本无从把握。

我写《大震》,就有身处大海、无从把握的感觉。

总之，这是我第一次对一个重大事件中的人的境遇进行书写。我并不满意。但一个故事讲完了,我已无力再为它做什么,所有的,都只能交给读者了。

评论

极致情境、人性实验和现实主义想象力

——读卢一萍《大震》

作者 陈培浩

汶川地震给中国人留下至今难以忘怀的心理创伤，也是新世纪中国标志性的重大灾难事件。文学叙事如何面对这场重大灾难，是一个仍在延续的提问。灾难发生之后，除了迅速涌现的抗震救灾英雄事迹报告外，还产生了几种不同的叙事路径：其一是对亲历地震者独特经历的非虚构还原，这方面的代表是李西闽的《幸存者》；其二是对后地震时期主体精神困境和自我救赎的书写，如李玉导演的电影《观音山》；其三是将灾难记忆上升到灵魂维度，为民族创伤谱写安魂曲，也追问现代性视野下故乡的消逝和生命安居的困境等难题，这方面的代表是阿来出版于二〇一九年的《云中记》。在我看来，卢一萍的《大震》则属于另一种地震灾难的叙事路径，他将地震现场所产生的特殊情境推至极致，让人物在特殊而短暂的极致情境中释放人性复杂而丰富的纠葛和冲突，从而完成小说的人性实验和伦理追问功能。

一

中篇小说《大震》的故事不算复杂，作

者卢一萍自述：

里面主要写了三个人物：原本要在五月十二日被执行死刑的陈尔璧、管教民警谭乐为、即将刑满释放的惯偷杨耀东，三人都在这场突然降临的大震中幸存了下来。谭乐为为防止陈尔璧逃跑，把他和杨耀东铐在了一起，而杨耀东也因此成了陈尔璧的人质，陈尔璧挟持他逃跑，谭乐为则要尽力追捕。三人的命运由此纠结在了一起。陈尔璧杀人前是有名的外科医生，这个逃跑的机会是他死里逃生的唯一途径，他一度甚至摆脱了杨耀东和谭乐为。但作为医生的他，面对灾难，面对那些受伤的人，内心的人道主义情怀使他不断要去救人，正是在这个过程中，他的内心乃至灵魂得到了救赎。

《大震》是一篇以“特殊性”为前提的作品，但这种“特殊性”并不仅仅是“戏剧性”。汶川地震这样达到8.0级的地震已经够罕见，它所催生的种种生离死别、舍生忘死、绝望与坚韧的故事本身已经具有足够催人泪下、扣人心弦的戏剧性。但这些故事内在所携带的精神叙事未必是作家所想提取的，因此，卢一萍在事件的特殊性（地震）之上，再加了一层环境的特殊性（监狱）。这两重特殊性的叠加就给小说带来了特别饱满的叙事可能性。更重要的是，这种叙事的背后投寄着作者怎样的思考。

“这些年，我一直在思考虚构与非虚构之间微妙的关系。一个真实的故事或事件，一旦用虚构的方式来讲述，反而难以让读者相信。这就是小说有意思的地方。”卢一萍在《大震》创作谈中如是说。的确，《大震》为我们提供了谈论虚构与叙事的可能性的契机。小说天然享有虚构的权力，虚构使叙事享有更大的自由空间。但我们有必要指出，虚构和想象具有不同的规定性，现实主义想象力和现代主义想象力就具有非常不同的方法和路径。

作为幻想型文学大师，卡尔维诺的想象力属于典型的现代主义想象力，一种更多依靠超现实主义手段的虚构方式。关于想象和虚构的必要性，卡尔维诺用他的写作经历做了绝佳的诠释。在从事了一段时间现实性写作之后，“我就意识到，本来可以成为我写作素材的生活事实，和我期望我的作品能够具有的那种明快轻松感之间，存在着一条我日益难以跨越的鸿沟。大概只有在这个时候我才意识到了世界的沉重、惰性和难解”。卡尔维诺还以古希腊神话中柏修斯砍杀美杜莎的神话故事为喻，现实世界就是那个能把直视其双眼者石化的美杜莎，文学如何驯服世界？卡尔维诺的回答是，文学不能沿用纪实性逻辑就好像砍杀美杜莎不能看她的眼睛一样。柏修斯以盾牌为镜照出并砍杀美杜莎，而文学家也必须找到自己认识世界的独特方式："应该像柏修斯那样飞入另外一种空间里去。我指的不是逃进梦境或者非理性中去。我指的是我必须改变我的方法，从一个不同的角度看待世界，用一种不同的逻辑，用一种面目一新的认知和检验方式。"卡尔维诺以超现实的虚构和想象塑造出的"树上的男爵”“分成两半的子爵”“不存在的骑士”皆令人印象深刻，他也成为举世公认的幻想型文学大师。

正如卡尔维诺所说，世界具有某种“沉重、惰性和难解”。假如作家仅对目力所及的局部世界进行直陈的话，必将陷入汤汤水水生活流的无物之阵；假如作家仅以写实的手段来面对世界，也很可能遭遇世界表象严丝合缝的拒斥。未被艺术重构的世界将以碎片性隐藏其自身的谜底。所以，想象和虚构才构成了写作的宝贵资源，是写作赖以凭借的翅膀，以穿越现实疆域的凝固性、碎片性。很多时候，现实、存在以至历史的内质是隐匿封存的，作家的个人体验以至纪实性的经验是有限而散落的，此时虚构和想象使作者获得了一种召唤缪斯的能力。不难发现，文学假如诉诸超现实主义,很容易获得一种容易识别的想象力。

很多人因此误以为现实主义是不需要想象力的,其实大谬不然。现实主义由于追求镜子式的观照效果，其想象力运作常常较为潜在而隐秘。然而却绝不意味着现实主义相比现代主义或科幻想象类型的文学更少想象和虚构。现实主义自有其自身驰骋虚构和想象力的方式，只是这种想象不能超越现实逻辑,因此更显其难。显然,卢一萍的《大震》启用的不是现代主义的想象力，而是一种现实主义的想象力，一种要求既出人意表，又合乎情理的虚构。对于《大震》来说，其虚构最大的前提来自情景的特殊化。汶川大地震已然创造了极大的特殊情景，小说进一步聚焦于特殊事件中的特殊空间——监狱，这种特殊性的设置无疑极大地保证了小说的戏剧性张力。然而，巧妙地将小说架设在特殊情景之上并非现实主义想象力得以实现的充分条件。很多时候，现实主义想象力的深水区考验的是细节的还原能力、情理的想象力和伦理的想象力。

二

长期以来，人们对现实主义的理解受到“镜子说”的巨大影响，并因此产生了一些误解。镜子与现实是一种纯客观的成像关系，镜子式写作是对表象现实的完全再现，而现实主义与现实的关系则不然，且不说通过文学书写的中介转换之后纯客观是否可能，对表象现实的完全再现并不是现实主义的追求。无论是恩格斯对典型环境中的典型人物的强调，还是卢卡契对描写与叙述、自然主义与现实主义的区分，都意味着现实主义所要求的并非对现实镜子式的静态成像，而意味着将视点、洞察、想象所构成的深度现实隐藏于一种“镜子般”的写实效果中。因此，现实主义要求一种藏起来的想象力。《安娜·卡列尼娜》这样的现实主义巨著其实到处充满不动声色的想象力。比如安娜和弗伦斯基在火车站的首次邂逅就将想象力隐于严丝合缝和伏笔千里之中。弗伦斯基初见安娜惊为天人，并发现了她脸上“一股压抑不住的生气”。小说透过弗伦斯基来看安娜，对安娜初见弗伦斯基的心理波动全不交代，但弗伦斯基回头看安娜时却发现安娜也在回头寻找着什么。和弗伦斯基母子告别之后，奥布浪斯基在马车上迫不及待地跟安娜倾诉起家庭的烦恼。前来帮哥哥当救火队员的安娜显然没有回过神来，答非所问地问奥布浪斯基跟弗伦斯基是否很熟。她依然沉浸在刚才偶遇的冲击波中。火车站邂逅弗伦斯基之际，安娜还偶遇了一个陌生人的跳轨自杀，安娜生命的悲剧性终结方式在此埋下伏笔。透过这些绵密繁复的细节，托尔斯泰绝不仅仅是铺陈情节，更在揭示心理、塑造人物、暗示命运。可见，现实主义的想象力表现于如何在镜子式再现效果中把尽可能多的艺术信息融合进去。

显然，《大震》也启用着这样一种克制

的现实主义想象力，那些不动声色的细节和情境包含着卢一萍对生活独特的感受、观察和匠心独运的艺术运思及剪裁。小说第一节从谭乐为与女友金悦娴的一次相会写起。写其两情相悦时，叙事人跳出来发了这样一段议论："要长久地爱一个人，迷恋对方身上的某种东西很重要——比如微笑中的明眸善睐，双唇相触的瞬间，眼波的一次闪烁。如果你所爱的人是一个星体，打动你的可能只是其中一个如同尘埃般微小的部分。"一般来说，在进入现代主义之后，叙事人的议论通常会被视为一种叙事的聒噪，但是《大震》中这段叙事人声音却绝非可有可无。它所携带的那种更内在、更幽微的爱情观不仅说明作者本人对爱情内在景观的独到观察，更暗示着谭乐为是一个具有内在感受力的人，与他那张不无僵化的原则脸拉开距离、创作张力。一个内心如此柔软,又跟女友正处于热恋之中的狱警,在大震之后，他要克服内心怎样的痛苦和挣扎,才能继续坚守那张原则脸,继续在已成废墟的岗位上坚持下去？所谓现实主义的想象力,就是在不动声色的铺垫中,寄藏着丰富的阐释空间。

《大震》的叙事技艺娴熟,叙事的种种铺垫、冲突、起伏等常规的叙事手段对卢一萍都不在话下，小说在梦境、潜意识的暗示等方面也有不俗表现。这些事实上都在考验着作家对于细节现实、情理现实的想象力。一般人只知道地震了，监狱坍塌了，原来稳固的秩序乱套了，但如何在此特殊情境中使不同身份者差异化的心理纤维毕现，并进一步将其提炼为叙事的冲突和动力，就考验着作家的情理想象力了。在这些方面，《大震》的表现都可圈可点，对小说技艺稍有领悟者并有会心，不需赘言。

不妨这样说，现代主义想象力更像一位刻意给人制造惊讶体验的魔术师，它超现实或荒诞的叙述语法使它的"想象性"如此一目了然。可是，现实主义并非没有想象力，现实主义的想象力运作更像是转魔方，作者看似寻常之手使散落在不同侧面的经验板块循一定轨迹运动，六面集齐之时，便是作品诗性显现的时刻。转魔方并不是变魔术，它并无魔幻性。生活的日常面目是一个被打乱的魔方，现实主义倾向于以并不违反现实情理逻辑的方式创造完整性现身的瞬间。显然，《大震》正是深刻洞察了现实主义想象力“魔方性”的作品。

三

对于小说来说，高超的情境还原能力

还属于技艺层面，它固然是小说叙事的基础和保证，但小说从叙事出发，能否抵达更高的精神追问，或者说小说内在是否隐含着立得起来的精神叙事，则关涉着小说的伦理想象力问题。人固然是一种生物性、社会性的存在，但对文学来说，人更是一种伦理性的存在。正是在伦理性的维度，人性遭遇到自身的局限、困境，也获得了自我拯救的契机。《大震》的伦理想象力就体现在它以特殊情境来进行人性考验，并追问一个具有完整性、高贵性的人是否可能的问题。

大震的发生，使小说中的主要人物都面临着人性的考验。对于刚刚走上岗位的狱警谭乐为而言,监狱的围墙已毁,但监狱的岗位依然存在,他的冲突一方面在于:如何强抑内心对家人的牵挂(小说开篇便铺垫谭乐为和女友的心心相印,乃在为地震发生时谭乐为内心念亲的焦灼做铺垫),继续维持监狱的正常秩序;另一方面又在于,如何在地震的破坏性显露出来之后,既坚持原则性,又掌握灵活性,根据突发情况实际,给予死刑犯陈尔璧更多自由,以便将他的专业技能用于特殊时刻的救死扶伤。所以,这里需要平衡的既有人伦之情与岗位职责,也有纪律威严性与救亡人道性在特殊时刻下的冲突。谭乐为这个形象初始显得不无刻板，他毫不犹豫地拒绝了陈尔璧暂离半小时去探寻母亲的要求。他解开陈尔璧手铐，又用脚锁将陈尔璧和杨耀东锁在一起，既方便陈尔璧救治伤员，又始终没有松懈对他的看管。他既花力气为陈尔璧寻找母亲，又费尽心思在陈尔璧逃脱后要将他捉拿归案。雨果《巴黎圣母院》中的沙威警长是一个只有刻板纪律性的律法化身，谭乐为坚守纪律的内里却有着人的血肉。

《大震》的真正主角当属沦为死刑犯的外科医生陈尔璧。陈尔璧撞见了妻子出轨，偷情者翻窗发生意外，最后账却算在了陈尔壁头上。这个设置显然是为了创造陈尔壁区别于一般死刑犯那种冷血无情的人设,却似乎需要更多的铺垫来获得说服力。我们且越过这一层，看看二〇〇八年五月十二日这一天,陈尔壁的内心面临着什么?本该如期到来的死刑被突如其来的大震延宕了,一番地动山摇之后,四周一片狼藉,伤亡无数。死神没有如约带走他,却带走了一些并未事先预约的人，且留下一批死亡车站的候车者。作为一个当天临刑的死囚犯，大震仿佛是大自然对他罪罚的一次豁免,为他的生命自由提供的一次机会。陈尔壁内心一定五味杂陈:临刑时间到了,他却没有被夺去生命。他该感谢大震延长了他的生命吗？可是却有那么多人被夺去生命，或正在一片废墟残砾中奄奄一息，在救援者和死神的对峙拉锯中等待，陈尔璧临刑前尚见不上一面的母亲可能也在其中。因此，即或他内心曾有过一丝偷生的庆幸，但只要一看到遍地伤员，一想到不知身在何处的母亲，这种感觉便不会维持太久。

陈尔璧所面对的冲突来自他突然获得了一种选择的自由，卢一萍正是希望在这样特殊的时刻去探测抉择之下的人性。在此之前，陈尔璧没有任何选择的余地，他只能接受安排好的行刑时刻，时间一到马上执行，无法推迟至他跟母亲见上一面之后。而现在，并没有一种绝对的约束力来锁定他，他获得了些许选择的自由，比如借此逃脱，反正他已经被判了死刑，即使再被抓回来，逃脱的所有时间，对他都是额外所得。这是基于求生原则的选择。他内心是否闪过这种逃脱求生的念头？作者没写，却未必没有。然而，促使他逃脱的却是其他动机——寻找母亲，确认母亲安危，在临刑前见母亲最后一面。这意味着在他内心，并未企图借这场意外来逃脱自己的罪与罚。他向谭乐为提出的仅是暂离半小时。因此，陈尔璧心中，真正的冲突不来自求生与受死的挣扎，而来自见母亲最后一面的渴盼，这背后一定还有对母亲的愧疚，对母亲未来生活的揪心和担忧。

在这里，我们发现卢一萍巧妙地启用了一种“选择的测验”，因为人性在常态下很难看出差异，抉择之下是最能展示出人性的伦理景观。在《悲惨世界》中，雨果就让冉阿让面临过更有难度的抉择。冉阿让来到蒙特伊城，天时地利人和一切都帮忙，他顺利换上了一身身份马甲，从囚犯冉阿让变成了马里兰市长。这种逆袭的奇迹人生可以制造让人惊叹的神话，却不能探视真正的人性，由此构筑起来的人性大厦也并不可信。雨果不会让冉阿让那么轻松地获得人生的救赎，太轻松的救赎就不足以代表真实的人生。所以，他让冉阿让面临着救助珂赛特和救助尚马秋的冲突。珂赛特是受苦受难的女工芳汀寄养在巴黎近郊一对夫妇处的女儿，冉阿让答应了临死的芳汀，要救助抚养珂赛特，完成这个任务，最好他是马里兰市长。可是此时他得知，有个偷了一个苹果的人，警方怀疑他是已有前科的盗窃犯冉阿让。此时穿马里兰市长马甲的冉阿让比任何人都知道那个人(尚马秋)不可能是冉阿让。因此，冉阿让肩负着让尚马秋脱罪的良心责任。要救尚马秋，他就必须脱下马里兰市长这个身份的马甲。因此,救珂赛特和救尚马秋这两件事在某种意义上是冲突的。雨果用冲突下的抉择考验着冉阿让的灵魂成色,假如冉阿让以马里兰市长的身份去救珂赛特那不算什么,只是一个大富翁的随手慈善罢了,雨果给了冉阿让的人生一身舒服的马甲,然后又拷问他是否有勇气卸下这层马甲,用自己的肉身和真身去承担良心和道义的责任。《悲惨世界》何以能构建一种人性内在的辉煌性,很重要的前提就在于冉阿让内在成圣的选择是在个人与世界真实的冲突中做出的。

回到《大震》。卢一萍同样做出了抉择,

在将笔墨指向大震制造的悲剧、绝望、牺牲与拯救的灾难场面还是将笔墨用于拷问一个人的内心的选择间,他选择了后者。他选择了让陈尔璧去面临逃生与赴死的抉择,顺从管束还是抗争寻亲的抉择,寻亲与救人的抉择,正是在这三重抉择的考验中,陈尔璧完成了自我的救赎,《大震》完成了陈尔璧的灵魂成色报告,而卢一萍完成了他于坍塌废墟的大震场景之上关于人性辉煌性的重建。因此,我们看到卢一萍虽是写地震,但他并不愿停留在事件的具体性层面,借由虚构的自由,他最终追问的还是"人如何可能"这样的哲学伦理问题。因此,《大震》就不仅有精彩故事和老练叙述，更有站立起来的精神叙事，人如何在罪与罚、爱与妒、责任与伦理、亲情与良知的复杂纠缠中完成自身的救赎，使尊严的、光辉的人成为可能，这是《大震》的追问，它说到底是一个关于救赎的故事。由故事和叙事而抵达精神叙事，这是很多当代小说未能完成的任务。